あなたは誰？

Anna
Kavan

Who
are
you?

translation:
Chiori
Sada

アンナ・カヴァン

訳
佐田千織

bunyusha
文遊社

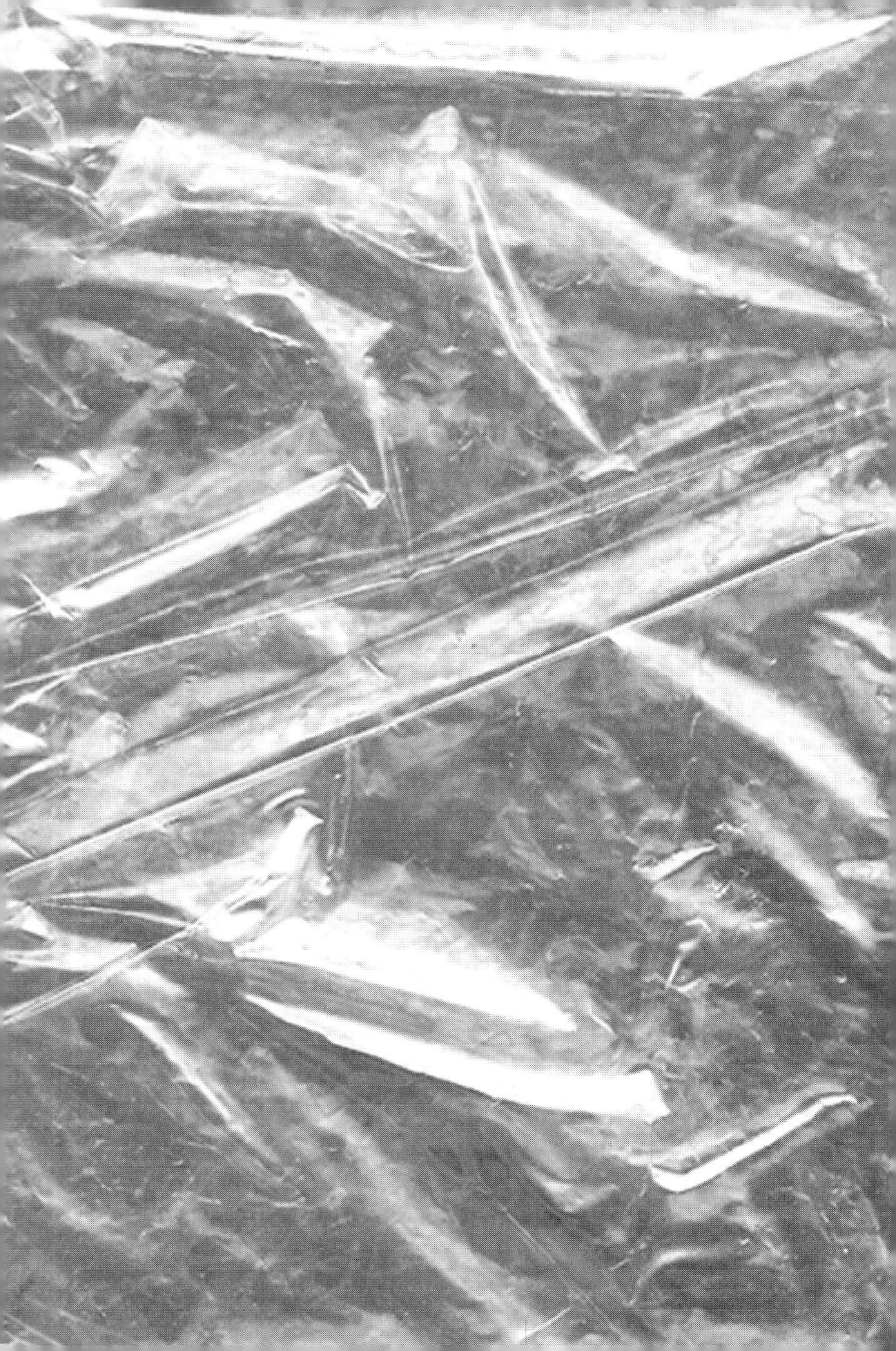

あなたは誰？

目次

あなたは誰？

Who are you?

一

家の裏手にあるタマリンドの木立では朝から晩まで、一羽の熱帯の鳥が三つの音からなる同じ問いを一本調子にずっと繰り返している。あなたは誰《フー・アー・ユー》？　あなたは誰？　あなたは誰？　しつこく繰り返される騒々しくて抑揚のない耳障りな甲高い鳴き声は、スイッチを切ることができない機械のような腹立たしいまでの粘り強さで、鼓膜に穴をうがつ。

さらに離れたところから、まったく同じ鳴き声が返事のない同じ問いをオウム返しに投げかけると、それは同種のほかの鳥たちに伝染し、やがて数百、数千の鳥たちが声をそろえて叫びだす。やむことのない鳴き声は距離も方向も関係なしに、いたるところからいっせいに聞こえてくる。なかにはほかより大きく、あるいはより尾を引く鳴き声もあるが、どの声にもひどく頭にくる機械的な響きがあるところは共通している。その声には感情が欠けている——恐怖、愛、敵意、あるいはそれ以外のどのような気持ちも表していない——らしく、たんに聞いているものの神経を逆なでするために発せられているかのようだ。その鳴き声の我慢ならないところは、誰にも止められない機械によって生み出され、誰ひとり返事をすることさえない問いを永遠に繰り返すだろうという点だ。

　おそらくその鳥たちが鳴いているのは別の次元なので、もしかしたら聞いている側はせん妄状態でそこに運ばれ……やがて究極の悪夢の頂点に達し……そのとき不意になにもかもがやんで……

二

　そのタマリンドの木立は古い巨木の集まりで、それほど豊かに葉が茂っているわけでもなければまったくの裸でもなく、家を見下ろしてそびえ立ち、この燃えるような気候のなかで思わせぶりな木陰の幻をつくり出している。だがそのまばらな葉と細くねじれた枝は、ごちゃごちゃした網の目のような影を投げかけるだけで、少しも太陽の陽射しから息をつかせてはくれない。その巨大な木々はもっぱら、たくさんのチャバラカッコウの止まり木として存在しているようで、その鳥たちは明け方からずっと、返事のない問いをひっきりなしにやかましく繰り返している。

　いま太陽は空の低いところにある。目がくらむような陽光を浴びた木々の梢は、一本一本の見分けがつかないほどひとつに溶けあい、蜘蛛の巣のように絡みあった枝に囲まれた鳥たちの姿は、まぶしい光のなかでは目に見えない。見えるものといえばとてつもなく大きなタマリンドの木々だけで、その蜘蛛の巣を思わせる複雑に絡みあった枝には、これといった色のない小さく干からびたような葉がまだらについている。

ほんの数年前に建てられたにもかかわらず、すでに木の下の家は急速に進行する熱帯地方の腐敗の影響を受け、ネズミやシロアリの巣になっている。下はレンガ造りで上の階は染みの浮いた木製という建物には、どことなく打ち捨てられたような雰囲気があり、暑さにやられてしゃがみこんでいるようだ。涼しさを考慮せずに建てられているため、その貧弱な壁はひび割れ、木造部はたわんで日の光に漂白されている。バナナの木が何本か、壁に触れるか触れないかのところに生えていて、その細長い葉の房がガラスのはまっていない窓に突き刺さっている。窓が金属製の防虫スクリーンや木製の鎧戸に覆われているときは別だが、そのうちのいくつかは欠陥品で、ゆがんでぶら下がっている有様だ。

家の中央には四角いポーチがあって、正面玄関とそこに停まっている車に影を落としている。ポーチの平たい屋根には手すりが巡らされ、まるで屋外に腰を下ろすために設けられた場所のようだが、まともに日があたる日中はそういう役には立たない。そこからの見晴らしはよく、道路——深いわだちが二本平行に走る泥道——の全体を見わたすことができる。そのわだちは道を通るものの大部分を占める、牛車の車輪がつけたものだ。

家と道路を隔てている地面がむき出しになった茶色っぽい囲い地は、庭になる予定だが、背が高くみすぼらしいヤシの木が真ん中に一本あるだけで、それ以外はなにも生えていない。ヤシのいちばんてっぺんの葉は、ときおりどっと熱風が吹くと金属的といってもいいような騒々しい音を立てて力強く波打つが、取り除かれずに放置されたままの下のほうの枯れた葉は、だらしない腐ったかたまりになって幹のまわりに垂れ下がっている。道路の向こうには目を惑わせる無秩序な地形が広がり、特にはっきりした印象はない。その場所で、平原は石ころだらけの藪に覆われた丘と出会い、その背景にあるより高い丘から広がるジャングルの最前線に攻めこまれている。人間の腕ほどの太さの蔓植物に絡みつかれた森の巨木の一群が、家の右側にいきなり黒々とした日陰をつくり出しているが、あいにくそれは家の近くにはいっさい届いていない。家の左側は蛇やヒルでいっぱいの沼で、大きく鮮やかな緑色の肉厚な植物の大皿に覆われ、その葉の陰にはそれが生えている危険な泥が隠されている。

日が沈むにつれて空の色が目に見えて薄れていき、その空を背景に、家の裏手の複雑に入り組んだ木々の梢が、まぶしさから解放されて不意にくっきりと浮かびあがる。いまなら、ようやく鳴きやんだチャバラカッコウたちの姿が見えるはずだ。しかし相変わらず目に見えないということは、じっとしているので絡みあった枝の模様と見分けがつかないのか、あるいはすでに別のねぐらに飛んでいったのだろう。

姿が見えないことよりもはるかに印象的なのは、その神経に障る鳴き声が不意にやんだことだ。果てしなく続く返事のない単調な問いかけは、昼という名の織物全体に織りこまれており、いまでもまだ音のないこだまが、心のなかのおぼろげないらいらのもとのように残っている。

三

日の光は六分きっかりで消え、あとにはかすかな紫色の染みが西の空に残るばかりだ。星がひとつまたひとつと輝きはじめる。沼ではカエルが騒がしく鳴きはじめており、その声は着実に大きくなって、ゲロゲロ、ゲコゲコ、ガコガコという切れ目のないコーラスが徐々に高まり、周期的に最高潮に達する。そのとき、はっとするほど低くしわがれた、ほかのどの鳴き声よりも大きな両生類の声が響きわたって句読点を打ち、静粛を命じると、そのあとふたたび新しい周期がはじまる。

月はまだ出ていない。星の光のかすかなぼんやりした輝きだけが、沼地の上に浮かんでいる。その家は目に見えるというよりむしろ耳に聞こえ、あたりが涼しくなって欠陥のある構造体が縮んだり沈みこんだりするにつれ、使用されている材木が銃声のようなピシッという音を立てる。鉛筆で書いたような水平に走る細い光の筋が示しているのは、窓のある場所だ。ほかのものより長い二本の筋がポーチの平たい屋根に向かって開き、そこからひとりの若い娘が出てきて手すりのほうに進んでいく——手すりに寄りかかったところを下から見上げると、膝のあたりで切断されているようだ。家のなかからこぼれる光は彼女のドレスの色がわかるほど明るくないが、おそらく白だろう。

娘は両手を上げて、うなじを冷ますために一瞬髪を持ち上げてからまた落とし、ふたたび手すりに寄りかかる。まったく身じろぎもせず、地面の上のなにかを見ようとするようにわずかに身を乗り出しているが、それは無理な話で、手すりの下には見通しのきかない闇が広がりつつある。娘の髪の色はドレスの色よりまだ薄く、長めの子どもっぽいボブヘアにカットされ、ほぼ肩まで垂れている。「ページボーイ」という髪形を不器用に真似たものだ。

大騒ぎをするカエルの声は、まっすぐ頭のなかに入りこんだいまいましいチャバラカッコウの鳴き声をかき消しはしない。原因となるものから切り離されたこの長引くいらだちのもとは、ものの見分けがいっさいつかない闇のなかでは、どんなものにでもくっつくことができる。娘はそれを順番に、暑さやカエル、そして牛車が通っていることを示す唯一の証――御者が沼の魔物から身を守るために大声で詠唱を続けていない場合の――となる鐘の音や、ちらつくかすかな光と結びつけて考える。

娘はまったくぴくりとも動かず、白いターバンを巻き、あごひげに白いものが交じっている堂々とした裸足の使用人が後ろの窓のところにやってきても、振り返らない。その音は聞こえているが、なんのそぶりも見せない。そして使用人のほうは、感情を表に出さずにしばらく彼女を眺めていてから、開けっ放しの窓を非難がましくちらっと振り返りつつ黙って引っこんでいく。その窓からは蚊やそのほかの昆虫の大群が、室内の明かりに引き寄せられてひっきりなしに流れこんでいる。

白い皿形のかさに隠されていない裸電球のまわりには、えんえんと増えつづける虫たちが密集して円を描き、その明かりを陰らせんばかりだ。あまりに数が多いので、飛んでいる最中も死んでからと同じで見分けがつかない。彼らは火にあぶられ、黒こげになり、表面を焼かれ、あるいはまだぴくぴくとけいれんしながらテーブルの上に降り積もり、ついにはその下の磨かれていないむき出しの床にこぼれ落ちる。ここでは虫たちはテーブルの円い陰に隠れてしまうが、何匹かは弱々しく体を傾けて、使えなくなった脚や熱でしなびた羽根、折れた触覚を引きずりながらさらに数センチ進み、それからようやく体をよじって生命を持たない有機堆積物のかけらとなる。

四

あの非難がましい使用人に給仕をさせて、夫は食堂で夕食をとっているところだ。娘はより涼しいその屋根の上にとどまっている。近ごろは彼女抜きで食事が出されて食されるのは、珍しいことではない。暑くなりはじめて以来、娘は食欲がない。この国にきてから日が浅く、まだ体質が灼熱の不健康な気候に順応していないのだ。そのうえこの夫婦には共通するものがなにもなく、結婚してわずか一年だというのに、どちらも相手と一緒に過ごすのを楽しいと感じていない。

男は己の優位性に生まれつき妙な自信を抱いていて、それはまったく揺らぐことがない。生まれてからずっと、その傲慢さと残忍な気質で周囲の人々をいじめ、脅してきた。子どもの頃には家族じゅうが、彼の癇癪に恐れをなしていた。自分の思いどおりにならないと、よく床に身を投げ出して顔が青くなるまでわめいたものだ。そういうところはその後もずっと、ほぼ変わっていない。誰もが男の激しい怒りを恐れている。彼が歯ぎしりをはじめただけで、人々はその前にひれ伏すのだ。

屈する様子がないのは男の妻ただひとりで、そのことは当然彼をいらだたせる。そのうえ彼には、妻に関してほかにも気に入らないところがある。社交界で成功しているわけでもなければ、家を効率的に切り盛りする能力もない、といったことだ。実際、彼女は家庭内や社交上の物事に心を寄せることはなく、それは夫が知的探求に心を寄せず、異なる人種からなる大勢の使用人をろくに管理しようとしないのと同様だ。その使用人たちのなかには主人が結婚する前から仕えており、妻の存在を快く思わず、ほかのものを逆らわせてわざと彼女の無能ぶりをいっそう明らかにしているものもいる。

食堂のなかの男はそうしたことすべてに気づいている。いま食事の給仕をしているのが執事ではなく――彼はその持ち場を無理にあきらめさせられたにちがいない――

専属の従者である、という事実の意味に気づいているのと同じように。ひどく禁欲的であごひげに白いものが交じったそのイスラム教徒は、男が新参者として初めてこの地にやってきて以来、ずっとそばに仕えている。いまの男の地位は、もちろんその当時よりもはるかに高いが、それでも彼は年がら年中、不満を抱えている。その地位ではまだ不充分で、自分は不公平な扱いを受けており、昇進させるかわりにその対象から外されていると考えているからだ——自身の傲慢さや短気が、どれほど昇進の妨げになっているかには気づかずに。

男の専属の従者は家のなかで特権的地位を占めているが、それはほかの誰よりも長く主人と一緒に過ごしているからというだけでなく、いまこうしてここにいることが示すように、主人に仕えることによってある種の親密さをほのめかしているからでもある。彼は主人と若い妻のあいだがまったくうまくいっていないことを知っている。妻は主人の安らぎがかかっている家庭的な務めを怠っており、その典型が窓を開けっ放しにして家のなかを蚊だらけにしていることだ。彼が主人に付き添っているのは、同情の念と彼女のいたらなさを埋め合わせることができればという気持ちを示すため――そう相手の男に信じてもらいたくて――であり、のんびりくつろいで、彼自身のちゃんと役に立つ妻に世話を焼かせるかわりに、大きくて重い凝った巻き方のターバンを身につけてそこにいるのだ。

主人がその従者を頼りにしているのはほんとうで、ひょっとすると本人が自覚している以上かもしれない。彼としては、できるものなら地元の人間よりも信頼が置けると考えているイスラム教徒ばかり雇いたいところなのだが、そのような差別に反対する政府の方針があるからそうしていない、というにすぎない。男はこの国の気まぐれな住民が嫌いで、彼らのことを無責任で道徳観念がなく、その生来の陽気さは彼の清教徒気質に反すると見ている。彼らと接するときはいつも、公正であるよう苦心して細心の注意を払っているが、態度に本心が表れて敵意を呼び起こしてしまう。しかし現地の人々は気楽なたちで、白人にはたいして興味がなく、彼らの敵意はもっぱらあざけりという形で表され、男のことをミスター・ドッグヘッドと名づけている——なぜそう呼ぶのかは、すぐにはわからない。

攻撃的で、生まれつきの性質と同じくらい肉体的にも威圧的なところがあるせいで、男の細身で筋肉質ながっしりと骨張った姿は、実際よりも背が高く見え、その鮮やかな青い目はロケットのように急に燃えあがることがある。短く刈った赤っぽい髪は熱帯の太陽にさらされて色が薄くなり、短い毛皮のように頭に張りついている。その密な毛皮は、異常に毛深くはない程度に腕も覆っており、全身がそうであるらしい。ネクタイもジャケットも身につけていないとはいえ、そのシャツには染みひとつなく、夕食のために日中穿いていたショートパンツから白いズボンに穿き替えている。

男は列車に飛び乗らなくてはいけない人のように早食いだ。もちろん音を立てずに伝統的なやり方で食べ物を口に運ぶのだが、そのあごはパチンと音を立てるように閉じ、まださっきのひと口を嚙み砕いている最中に、すでに次のひと口をナイフとフォークでかき集めている。それでも、皿にのっているものはなんでもがつがつ食べてきれいにたいらげてしまうところが、どこか飢えた犬と似ているというのは、明らかにこじつけだろう。

蚊が部屋に入りこみはじめている。まともな扉がなく戸枠に木製のパネルが取りつけられているだけで、空気が自由に循環するようになっている状態では、その侵入を防ぐのは無理な話だ。モハメド・ディルワザ・カーンがふたりの少年に、壁と壁のあいだに網を掲げて立っているよう指示を与えている。だが腕が痛くなってきた少年たちは、この余分な仕事に駆り出されたことをこのうえなく不公平に感じ、食事中の男の鋭い耳に届くような声で反抗的にぶつぶついいはじめる。

男は従者の目をとらえて——相手はすでに、そのふたりにげんこつを食らわせていうことを聞かせようと移動しているところだ——かすかにわかる程度に首を振る。

食事はもう済んでいる。男は自分の皿を押しやりながら立ち上がり、甘い物を好むと思われる妻のために伝統的な配慮として出された、デザートのピンクの菓子は無視する——彼はけっしてそれには手をつけない。食堂から出ていく途中で、男はちらっと歯を見せてイスラム教徒に笑いかける。その大きくて白い丈夫な歯は、犬というより狼を思わせる。

食事のあいだずっと、男は従者にひと言も話しかけていない。相変わらず口はきかず、通り過ぎるときに笑いかけただけだから、なぜいまはふつうの好意以上のもの——なれなれしいといってもいいほどの——を示しているように見えるのかも、どうしてその笑みが許容される範囲を超えているのか、従来のふるまいの基準にあてはまらず、あるいは思慮を欠いているように見えるのかはわからない。

笑いかけられたほうは、そのわずかな行き過ぎに——もしそれがそうであるなら——気づいて満足をおぼえる。それに気づいたことをただ頭を下げるだけで示し、形式的な正しさからも思慮分別の範囲からも、ほんのわずかでも踏み出さないことによって、彼のふるまいの完璧さが際立つ。実際、見ているものがいたとしても、いまの挨拶と、主人が部屋から出ていく途中で通り過ぎるときに必ず行っているお辞儀との違いは、わからないだろう。

それでも従者は、自分の余暇がむだに犠牲にならなかったことに満足している。そして今後はよりいっそう、ほかの使用人たちに対して専制君主のようにふるまうことだろう。なぜならたったいま出ていった男とのあいだに感じる連帯が強まったのだから。

五

家の二階部分は三つに分かれている。階段が続いている真ん中の部屋と、その両側にある寝室だ。寝室にも扉はなく、それぞれ戸枠に木製のパネルが二枚はめこまれていて、押し開けるとばねの力でもとの位置に戻るようになっており、その上下には数十センチの隙間が空いている。

例の平たい屋根がかかった中央のポーチには、真ん中の部屋から縦長の窓を通って出ることができる。この部屋には安物の籐の家具がいくつかと、寝室のひとつからあふれ出たらしいより大きな家具がひとつ置かれている。それは地元の刑務所でつくられた衣装簞笥で、暗い赤味を帯びたなにかの木でできており、触るといつもかすかにべたつく感じがする。テーブルにはボトルとグラス、それにサイホンがのっている。天井の中央では大きな扇風機がのろのろとまわり、熱い空気をかき混ぜている。

いまは窓の網戸が閉まっていて、少しは涼しいかもしれない外の空気はいっさい締め出されているようだ。しかし娘はその窓のひとつのできるだけ近くに座り、はるか上のほうにぶら下がっている電球の不充分な明かりで本を読もうと、目を凝らしている。卓上ランプは光よりも熱を多く発するので、とてもスイッチを入れる気にならないからだ。

ミスター・ドッグヘッドは片方の手に丸めた新聞紙を、もう片方の手には針金でできたハエたたきを持って壁から壁へとうろつきまわり、几帳面に蚊を退治している。蚊はあまりにたくさんいるため、扇風機のまわる音や彼が動きまわる音にも、その高い羽音がかき消されることはない。

全部殺すのは絶対に無理だと気づいて、男は不意にいらだちをおぼえるが、その原因としては蚊はたいしたことがなく、妻が黙ってじっと動かないこと、そして彼に関心を示さないことのほうがずっと大きい。彼女がなにもせずに本を読んでいるのを見ると、男はいつもいらいらする。彼が部屋にいるときでさえ本から目を離さないとは、わざと侮辱しているようだ。その無関心な態度に威厳を傷つけられた男は、荒々しくハエたたきを振るいながら、同時になにかこんなことをつぶやく。「まったくきりがない……」そして非難の言葉に切り替える。「おまえに網戸を閉めておいてくれと頼むのは、多くを望みすぎなのか?」と、責めるように妻を見つめながらいう。

妻にとっては、返事をする意味はないようだ。彼女は夫と話をしようとしてもむなしいだけだと感じている。ふたりのあいだに意思の疎通の可能性はまったくないのだから、壁に向かって話しかけるのも同然だ。彼女は読書に没頭しすぎて夫の声が聞こえないとでもいわんばかりに、本に据えた目を離さない。

相変わらず黙りこんでいる妻に向かって、男が吐き出す。「ハマダラカだ! やつらがわたしにとって命取りの存在だと、いったい何度いったらわかるんだ?」逆立ちをして脚を背中で交差させるという芸当を目印に一匹の蚊を見分けた男は、それが羽を広げて飛び立つ瞬間に新聞紙で叩きつぶし、壁の数えきれない茶色がかった血の染みをまたひとつ増やす。「この悪魔はもう誰かの血を吸ってたぞ！」おまえのせいだといわんばかりに、彼は非難の目で妻を見る。彼女がまだ黙って本に熱中しているようなので、男は自分に注意を向けさせようと決心し、憤然と問いただす。「おまえはわたしにマラリアで倒れてほしいのか？」

「いいえ、もちろんそんなことはないわ」もはや夫と話すのを先のばしにはできないと悟り、娘はしぶしぶ頭を上げて彼の怒った顔に向かいあう。彼女の目にはその顔は、かたくうつろで奥が見通せない壁のように見える。そこには冷酷といってもいいほど無情そうな口があり、その上の目がついているはずの場所にはふたつの青いガラスの輪がある。こんな顔の持ち主とどんな関わりを持つことができるだろう？ 娘はその顔に怯えにも似たものを感じている（なんといっても彼女はほんの十八で、夫の歳はその倍だ）。困惑と無力さを感じながら、娘はどうしてこの人と結婚する羽目になったのだろうと考える。

「キニーネは服んだの?」娘が思いつく言葉はこれだけだ。わざと無表情を装っているのは、頬まで垂れている不器用にカットされた髪のせいで子どもっぽいといってもいいほどになってしまったことへの不安を隠すためだ。彼女の目はギラギラ輝く太陽と、不充分な明かりで本を読もうとするせいでかすかに充血し、それを泣いている幼い少女のようにいつもこすっている。

妻の言葉に対して男は、彼女の青白い顔に感じるのとほとんど変わらないいらだちをおぼえる。そのかすかに血走った目やぼんやりと虚ろな表情に腹が立つのは、まるで妻が何キロも先にいるようで、ひどく侮辱的に思えるからだ。男のほうも、どうして自分たちは結婚したのだろうと思っている。なぜ彼女の母親の説得に耳を貸し、結婚などしてしまったのだろう? ペテンにかかったような気分だ——それは真実からさほどかけ離れてはいない。だがその件についてははっきりしないことばかりで、男は人生全般に、そして特に妻に対して、永遠に変わらない不満が燃えるのに気づいているだけだ。彼はあらゆることを妻のせいにする。彼女があまりに神経に障るので、殴ろうとでもするように手を動かし、最後の瞬間に狙いをそらして、かわりにまた蚊を一匹叩きつぶす。

階下の時計が十時を打つ。その音を数えると、男は突然、夜のうつろさに圧倒される。まだかなり早い時間だが、なにもすることはない。いっそう気分を損ねた男は部屋をじろじろ見まわし、耳を澄ましているようだ。階下からはなんの物音も聞こえてこない。使用人たちは仕事を終えて、夜を過ごすために家とは別にもうけられた住居に引き揚げている。いま誰かひとりを呼びたければ、かなりのあいだ大声で叫びつづけなくてはならないだろう。男は外で鳴いているカエルのやかましい声と、蚊と、いまいましい娘と一緒に取り残されている。少しも話し相手にならない妻など、なんの役に立つだろう？　ふたりの結婚には多少なりとも自分に責任があるという考えは、男の頭には浮かばない。彼と結婚しているという名誉をありがたがっていないと思い、妻ばかりを責める。

それはそうと、男はどうやって時間をつぶすつもりなのだろう？　もちろん車に乗りこんでクラブに出かけることはできる。だがそれでは、また別の形で退屈するだけだ。彼はブリッジをしないし、自分が人気がないのを知っていてほかの男たちを嫌っているから、そこでできるのは酒を飲むことだけだ。それなら家で飲んだほうがましだろう。

ボトルが並んでいるほうに勢いよく向きを変えると、男は強いウイスキーを注ぎ、飲み干して、まったく酒を飲まない妻のことは気にせずに、すぐさまもう一杯注ぐ。彼は妻に背を向けて立ったままで、なにもいわない。退屈を酒で紛らそうとしてひっきりなしに飲みつづけ、中断するのはときおり別の蚊を叩くときだけだ。

娘のほうはよりおおっぴらに不安を表して、様子を見守っている。だが、さっきまでより生き生きしているように見えるのは、なにかを考えていて、計画を実行するのに適当な瞬間をひたすら待っているからだ。男が手に持った血の染みのついたページになにか興味のある記事を見つけ、しわをのばしてそれを読むために身を屈めると、彼女はこっそり立ち上がり、夫の背中から目を離さずに忍び足で自分の部屋に向かう。

男はそのあいだずっと妻がなにをやっているのかわかっていて、ちょうど彼女が扉にたどりついたときに、いきなり飛びかかりながら叫ぶ。「おっと、そうはさせんぞ！」ひどく乱暴に手首をつかまれた娘は、苦痛、恐怖、あるいは失望の、それともその三つすべてが入り混じった声を漏らすが、言葉はひと言も発しない。

男の青い目が、妻に対して激しく燃えあがる。どういうわけか彼は、いままでは妻の沈黙を、絶えず本を読んでいることと同じようにうぬぼれのしるしと受け取っている――彼自身は新聞以外めったに読まないので、妻の読書好きがうぬぼれと優越感を誇示しているように思えるのだ。夫より優れているふりをするとは、何様のつもりだ？女が受験を認められるべきではない、なにかのろくでもないばかばかしい試験に通っただけではないか。だがそれは、彼にはどうしようもないことだ。内心では不満に怒り狂いながら、男は妻の手首をしっかりつかんだまま立っているが、やがて愉快なことを思いつく——見せつけてやろうじゃないか……！　この顔からうぬぼれを消してやる……！

不意に、さも満足げな表情を浮かべながら、男は「動くなよ！」と命じて急いで出ていくと、次の瞬間にはひと組のテニスのラケットを持って戻ってきて、一本を妻の手に押しこむ。

娘はいやいやそれを受け取りながら、抗議しようとするかのように口を開くが、結局なにもいわない。数秒後、彼女は相変わらず麻痺したように同じ場所に立っていて、その手からはラケットがぶら下がっている。男は酒を飲みつづけるが、今度は物音を立てないように気をつけ、そのあいだずっと目と耳を同じように働かせている。ふたりともなにかが起こるのを待っているのは明らかで、妻はそれをひどく恐れ、夫のほうは待ち望んでいる。ほどなくウイスキーのせいで気分がよくなったらしく、男は励ますように、さっきまでより愛想よく妻に話しかける。ほとんどささやくような声だ。「さあ、いまだ！　うじうじするな――なんの問題もない健全な娯楽じゃないか……」しかしそのひそひそ声の陰には、親しみとはかけ離れた意地の悪さが潜んでいる。娘は夫の言葉を真に受けはしないが、しゃべることも動くこともできないようで、ただそこに突っ立ち、瞳孔が開いた怯えた目をしている。

だしぬけに娘が喘ぐ。男は荒々しい身振りで彼女を黙らせる。不愉快なほど唐突に、どこからともなく一匹の小さな動物が部屋に現れる。頭とひくひく動く敏感な鼻をふたりのほうに向け、体は縮めている。それは現れたときと同じ、面食らうほどのかなり不愉快な唐突さで視界から駆け出したかと思うと、壁を半分のぼったあたりにふたたび現れる。そこで長くて先細のかたい鞭ひものような尻尾を持っているらしい姿を見せたあと、天井周辺のどこかに姿を消す。天井の真ん中では扇風機が、まるで何事もなかったかのように重苦しい空気をかき混ぜながらまわりつづけている。

獣の動きを追いかけていた娘の視線はいま、夫に戻る。彼女は口をきかず動いてもいないが、さっき喘ぎを漏らして以来、その唇は完全には閉じておらず、いまでは震えていて、呼吸がふだんより速くなっている。ある程度は自分を抑えているが、こういうやり方全体に対する嫌悪を隠すことができず、呆然と突っ立ち、目を見開いて夫を見つめている。男のほうも口をきかず動きもしないが、夢中で天井を眺めていて、どちらも事実上凍りついている。部屋には張りつめた緊張感と虫の羽音、それに扇風機の低いうなりが満ちている。

不意に上のほうでうろたえたような小競り合いが起こり、それに続いてあがったキーキーいう声が途切れると、一匹の小さな生き物が——さっきと同じ生き物ではない——床にドサッと落ちてくる。呆然としたネズミは、一瞬じっと横たわっていてから起き上がり、大急ぎで逃げる。男はそれを見守りながら目を細めて距離を見積もると、ラケットを振り下ろしてその獣にまともに叩きつけ、妻のほうにはじき飛ばす。「さあ——こっちに打ち返せ！　こんなに簡単なのを打ちそこねるなよ！」

娘の指が発作的に手にしているラケットの柄を握るが、彼女は夫のいうとおりにするかわりにそれをカランと床に落とし、両手に顔を埋める。

「そうか、遊ぶ気はないというんだな……」いまや男の声には不快な響きがある。だが、彼の興味をいっそう引きつけているのは、ケガをした脚で可能なかぎりすばやく床板の上を横滑りしているネズミのほうだ——彼はその動きよりはるかに速く、ネズミの上にラケットを振り下ろす。

その場に勝ち誇ったように立ったまま、男はハンカチを引っ張り出してラケットのガットをこする一方で、床の上のものを力をこめて繰り返し踏みつけると、最後に視界に入らない洋服簞笥の下に蹴りこむ。妻をいっそう怖がらせるため、彼は振り返らずに「ひょっとしたら次は、ネズミの王がやってくるかもしれんな」と、意地悪くいう。

ネズミの王というのは、六匹から八匹のネズミ（おそらくひと腹の子どもすべて）が一本の尻尾でつながった、伝説の怪物だ。返事はない。男は自分のラケットを拭きつづける。そしてまもなく頭を巡らしたとき、もはやそこに妻の姿はない。

六

ミスター・ドッグヘッドは全裸になり、自室の鏡で己の体をじっくり眺めている最中だが、その鏡ではせいぜい腰までしか映らず、それでは不満なので、もっと見ようとしてずっと向きを変えたり体をひねったりしている。彼の頑丈で男らしく筋骨たくましい肉体が、いまではすっかりあらわになっている。そしてその大部分が、頭をきちんと覆っているものとよく似た茶褐色の濃い毛皮に覆われているのはまぎれもない事実であり、そのせいで彼の犬を思わせる雰囲気が大いに強まっている。地元の人々はきっと、本能的にそのことを見抜いているにちがいない。なにしろ彼らに一度も裸を見せたことがないのは、間違いないのだから。

この部屋は隣の部屋よりも、いっそうがらんとしている。天井からぶら下がっているひとつきりの裸電球、扇風機、薄汚れた網に覆われたベッド、そのかたわらにあるテーブルと、その下の棚。テーブルの上にはウイスキーのボトルとサイホンとグラス、下の棚には彼が唯一読んだことのある本が置かれている。テーブルの天板の陰になっているのでよく見えないが、それは黒い本で、聖書かもしれない。表紙に金箔をかぶせた十字架があしらわれているところを見ると、なにかの宗教書であることはたしかだ。

鏡に映った己の姿をじっと見つめるとき、男の大きくて貴族的な鼻は、あたかも地上の王の持ち物であるかのように、それ自体が尊大で独りよがりな弧を描いているかに見える。彼は爵位を有する一族の一員であり、もし彼より先に何人か死ねば、最終的には伯爵になるだろう。しかし、だからといってほかの生きているすべての人々に勝り、みなが道を譲るべきである、という彼の思いこみを正当化することにはならないように思われる。

肉体的には、偉そうな態度で力強い筋肉を収縮させている男は、実に印象的だ。

腕をのばし、何度か屈伸して爪先に触れると、その皮膚の下で蛇の群れのような筋肉がふくらんだり滑ったりする。気温がもっとも低い真夜中のいまでさえ、そうすることで首や腕、それに顔に玉の汗がびっしり浮かぶ。しかしその汗は毛皮のような覆いにすばやく吸収されて、あっというまに見えなくなる。

大きな鼻をした横顔を鏡の上で滑らせながら、男は前屈みになって自分の脚をつくづく眺め、その筋肉が腕と同じくらい満足がいくほど発達していることをたしかめる。彼は体重を片方の足からもう片方の足にさっと移し、鉄のようにかたいふくらはぎをつまむ。だが、まだすっかり満足したわけではなく、自分の全身を見たいと思う。そしてそれができないために、不意にいつもの世界に対する不満に圧倒され、甘やかされて育った少年時代にはしばしば浮かんでいたにちがいない怒りっぽい表情が、その高慢な顔に表れる。彼は衝動的にウイスキーをどぼどぼとグラスに注ぎ、どれだけ入ったか見ようともせずに生《き》のままで飲み干す。そのアルコールの影響がたちまちあらわれたかのように、男はすぐに人気のない真ん中の部屋に入っていく。そこはいまあとにしてきた部屋の明かりに、かすかに照らされている。

彼のように頑丈で素っ裸でも、暑さは不快なほどで、男は窓の傍らで足を止めてべたつく陰嚢をかきながら、わざわざ網戸を開けようかどうしようかと考える。耳もとを蚊の羽音が通り過ぎるのを聞いてやめておくことにし、その虫に猛然とつかみかかるが、握った拳を開いてみるとそこにはなにもいない。蚊に逃げられたことで不満を募らせた男は、そのまま進んでいくと扉のフラップを押し、この家で唯一、姿見がある妻の部屋に入っていく。

そこは真っ暗で、静まりかえっている。当然そうだろうと思ってはいても、男は一瞬足を止めることになり、スイング式の扉のすぐ内側で立ち止まる。彼の目はすばやくその闇に順応する。ベッドの上にかかっている蚊帳の、少し白っぽい影のようなにじみと、その近くにある巨大な輝く目のようなもの——壁にかかった鏡のきらめき

――が見える。男は妻の名を呼ぶが返事はなく、今度はいっそう大きな声で攻撃的にふたたび呼ぶと、こうつけ加える。「おい――わたしをだまそうとしてもむだだぞ！眠っているふりをしてるだけなのはわかっているんだからな！」相変わらずそこには静寂が広がるだけで、彼が大声を出したあとではそれがいっそう深まるようだ。

いま男は暴力的な気分と、かすかに頭がぼうっとした感じ――アルコールがもたらした最大の影響――の両方を味わっている。自分が求め、手に入れようとしているものが妻なのか鏡なのか、彼自身のなかでもまったくはっきりしていないが、どちらも同じ方向にあるので一歩前に進み、たちまち手ひどく椅子にぶつかる。ひわいな言葉を吐き出しながら、男はそこに立ってむこうずねをさすっている。ベッドからはまだなんの物音も聞こえない――そこには誰もいないのかもしれない。ぼんやりした頭でそう思いつくと、彼はそれを調べるために前進しはじめ、すでに存在を忘れていた椅子にふたたびつまずく。

「わたしを転ばせようとして、わざとここに置いたな！」男は非難するように叫び、あいにくその通りになる。それから片手で椅子をつかみ、高々と振り上げて、きちんとなにかに狙いをつけるようなことはせずに、そのまま部屋の奥に投げつける。とてつもなく大きなガシャンという音が響き、ガラスが落ちるチリンチリンという音が長々と続く。椅子の直撃を受けた鏡は粉々になり、そのことがわずかに男の酔いを覚ます。彼は壁できらきら輝いていた目を破壊したことに、つかのまのぼんやりした罪の意識をおぼえる。その輝きが消えたいま、ベッドから命の気配がまったく感じられないこともあり、もはやこの部屋にとどまっている理由はなさそうだ。彼は向きを変えると手探りでフラップのあいだを通り抜けて中央の部屋を横切り、自分の部屋に引っこむ。

ときおり太く吠えるような声がとどろくのを別にすれば、いまは外のカエルは静まっている。夜は半分以上過ぎているが、どの夜も例外なくそうであるように、いまだに竈《かまど》のように暑く、暗く、重苦しい。その静寂は——実際には少しも静かではなく、数えきれない虫の鳴き声が脈打つように響いている——ときおりなにかわからない生き物の鳴き声に乱され、両生類のとどろく鳴き声によってより規則的に中断される。

蚊帳の下の毛皮めいた体毛に覆われた裸の人影は、手足を投げ出して仰向けに横たわり、涼しさを求めて足を大きく開き、床の土で黒く汚れた足の裏を見せている。突然睡魔に襲われた男の頭は、枕からわずかに外れて後ろに傾き、口が半開きになっている。両手は体の横にくつろいでゆったりと置かれ、眠りに圧倒されたときに持っていたものを手放している。グラスが蚊帳の汚れたひだに引っかかっている。その蚊帳には果てしない侵入者の血に加え、いまではグラスの底に残っていたウイスキーの染みもついている。もう片方の手からは、本がページの側を下にして落ちている——でたらめに開いたものの睡魔に襲われて、どのみち理解できなかったであろう言葉を読むことができないうちに。表紙の側が上になり、色褪せた十字架は上下逆さまで、薄いページはくしゃくしゃになり、けっして取れることがなさそうな深いしわが刻まれている。

　存在を忘れられた明かりが静まりかえった部屋のなかで燃えつづけ、それを中心にして、炎に引き寄せられた自殺衝動に駆られた生き物の群れが円を描いている。

七

夜が明けて以来ずっと、チャバラカッコウたちは大声で例の絶え間ない問いかけを続けており、いまでは最大になった太陽の力が、暗いあいだも冷める時間がほとんどなかった焼け焦げた大地に容赦なく熱を降り注いでいる。

娘は窓辺に立って沼のほうを見ている。大きくて肉厚の葉に覆われたこの平たい湿地の海は家の敷地ぎりぎりまで広がっており、両者を隔てているのはぐらぐらした柵だけで、その向こうは泥の上に築かれた小道になっている。彼女はこの小道、あるいは道路にまず現れる、黒い托鉢の鉢を抱えて黄色い衣をまとった聖職者たちの、静かな幽霊を思わせる日の出の行列を見守っている。それから耳の後ろに花を飾った褐色の肌をした人々の様々な集団が、丈の高い森の木々——家の建設のために整地が行われたときに、そのまま残されたもの——のなかで暮らす巨大な聖なる蛇に捧げる供物を運んでくる（この爬虫類は巨大だが無害で、与えられた鳥や小動物をがつがつと生きたまま食べ、ふだんは比較的低い枝のなかにいて、その青白く長い体を輪にして垂らしているところが見られる）。丘のほうからは小男の一団も速歩でやってきて、どこか遠くの市場にバナナを運んでいく。

最後にその沼地の小道を利用する人物は、かなり若い白人の男で、ブッシュジャケットとショートパンツという正規の熱帯地方の制服を身につけ、柔らかい革のモスキートブーツを履いている。彼は毎日四度、職場への行き帰りにそこを通り過ぎる。娘が彼に仲間意識を抱くのは、その若さゆえだ。彼は肌の艶がなくなるほどこの地で過ごしておらず、その顔もまだ若々しい感じやすさを失いかたくなってはいない。服装の特徴から、娘はいつも心のなかで彼のことを「スエードブーツの人」と呼んでいて、もう正午まではふたたび現れることはないと知っている。だが暑さに麻痺した彼女は相変わらず、湿地の植物のあいだにのぞく水が染み出た黒い部分に空が映って玉虫色にきらめくのを、じっと見つめて立っている。おそらく気候に慣れることができないせいで四六時中こんな妙な感じがして、この国での暮らしにも慣れることができないのだろう。

これが彼女の暮らし？　とてもそうは思えない。学校時代の友人たちからは、きれいなドレスを着て華やかな世界で、あるいは彼女がいくべきだった大学で、楽しく過ごしている写真が送られてくる。わたしは誰？　娘はぼんやりと考える。どうしてわたしはここに？　ここにいるのは去年の奨学金を獲得した娘なのだろうか？　それともなにか未知の理由から意思の疎通ができない見知らぬ相手と結婚して、このひどい暑さのなかで暮らす娘なのだろうか？　彼女の問いには答えが出ないままで、どちらの選択肢も等しく夢のようで現実味がない。どういうわけか彼女は、自分という存在とのつながりを失っているようだ……

娘はその問題を投げ出すと、うなじにかかった髪を無意識に両手で持ち上げ、肌の湿気にうだるような暑さを意識する（壁が木でできている上の部屋は、日中は住めたものではなく、竈も同然だ）。そして、ふだん夫が車でオフィスに出かけていく音が聞こえる時間をとうに過ぎていること、その事実を自分がなかば意識的に無視していることに気づく。彼女はなにが起こっているのか突きとめようとしぶしぶ決心しながら、習慣の為せる技でまず櫛を取り上げるが、それはとても持っていられないほど熱くなっていてすぐに取り落とす。それからスイングドアを押して出ていき、彼女が通り抜けると木製のフラップがばねの力でもとの位置に戻る。

二番目の部屋では、娘の目は刑務所でつくられた衣装箪笥を避けて、特別なしるしを探しているのかと思うほどじっと、染みだらけの床を見ている。そのせいで突然、白いターバンを巻いた裸足の若者とぶつかりそうになっているのに気づくはめになる。この若者はモハメドの後継者として訓練を受けている最中で、ちょうど水差しを持って静かに階段をのぼってきたところだ。ふつうならこの時間にここに上がってくるような仕事はないはずなので、娘は彼になにをしているのかと尋ね、自分の存在を主張するために形だけの努力をする。

水差しが邪魔をして掌を合わせる正式な挨拶ができないため、若者は頭を下げて、教わったどんな芸を披露するのとも変わらず機械的に、うやうやしくお辞儀をする——それには敬意はおろか、なんの感情もこもっていない。「旦那様、熱があります」彼は無表情で、大きな黒い目には動物の目とほとんど変わらないような底知れないところがある。その情報を伝える際にも、なにを感じているのかはいっさい読み取れない。

使用人たちはみんな、こんなふうに感情や考えを隠した——もしなにかあればだが——虚ろな表情で娘を見る。特にこの若者は英語を上手に話すが、文を妙な具合に並べ、あらゆる報せをいいも悪いもおかまいなしに、自分にとってはなんの意味もない言葉だといわんばかりに、同じ抑揚のない口調で告げるのだ。

娘はいま、若者の先に立って三番目の部屋に入っていく。そこには太陽の光がまだ届いていないため、比較的涼しい夜の名残がまだほんのかすかに残り、ウイスキーのむっとするようなにおいと結びついている。彼女が扉を入ってすぐのところで立ち止まったのは、夫の具合の悪そうな顔にひどく驚いたからだ。それでも彼はなんとか威圧的でひどく不機嫌そうな顔をして、モハメド・ディルワザ・カーンの介抱を受けている。モハメドは介抱に気を取られていて、娘がきたことにも気がつかないほどだ。母国語の指示に応えて若者が水差しを置き、大急ぎで立ち去る。あごひげを生やしたイスラム教徒は、ベッドに毛布を積み上げつづけている。マラリアの発作を一度も見たことがない娘はひどく驚き、少し懐疑的な表情を浮かべて「この暑いのに……?」というようなことを、無意識に口にする。

それを耳にした患者がどうにか体を起こして彼女と向かいあうと、顔をしかめてうなるように歯をむく。「ばかめ！　わたしが凍え死にしそうになっているのがわからんのか?」実際、彼の歯はガチガチ音を立てて鳴り、全身が痙攣を起こしたように震えていて、ゆがめた口からはろくに言葉を発することもできない。「自分のやったことに満足か？　これはみんなおまえのせいだ……」

「わたしの？」娘はぎょっとして夫を見つめ、もう少しで彼がほんとうに死にかけていると信じそうになる。

「ああ、おまえのせいだ！　なんだっておまえは、あんなに蚊を入れる必要があったんだ？　やつらが伝染病を媒介することは、いやというほど言って聞かせてきただろう」疲れきって後ろに倒れこみながら、彼はつぶやく。「おまえはわたしの最期を見たいんだろうな？」

「まさか、そんな！」娘はショックのあまり、突然夫に対して申し訳ない気持ちになる。「そんなつもりじゃ……わかってなかったの……」しかしそれ以上なにをいえばいいのかわからず、口ごもって黙りこむ。

男の怒りはほんの少しも静まっていない。彼がふたたび起き上がると胴体が全部あらわになり、そこには毛皮のような体毛が、いまでは湿ってへばりついている。わけのわからない悪態をつきながら、彼は上掛けをはねのけようとするが、それがあまりに大変だとわかると、ふたたび倒れこみながら弱々しく叫ぶ。「わたしを放っておいてくれ！　おまえにはうんざりだ！」

娘は一瞬ためらい、逃げ出したいという思いと罪の意識、そして相手に対する嫌悪と哀れみが入り混じった気持ちのあいだで引き裂かれる。男の顔にはいま、大きな玉の汗が浮かびはじめている。

「奥さん、いまはいくほうがいい」感情のかけらも感じられない声でそういった従者は、振り返りもせずに相変わらずベッドの上に身を屈めている。掌と指の先が薄いピンク色をした大きくて黒っぽい彼の手が、折りたたまれた清潔なハンカチをつかんで主人の顔の汗をそっと効率的に拭い、その一方で主人が喘ぐ。「そうだ――出ていけ……入ってくるな！」

さらに少しだけ、娘は惨めにそこに立っている。引き裂かれた気分のまま、大きな黒い手が横たわった体に手際よく毛布をなでつけるときに聞こえる、子どもにかけるような一本調子のなだめるようなつぶやきに耳を傾けながら。その体が痙攣するように震えているのは大量の寝具ごしでもまだ目に見え、それになかばうわごとのようなつぶやきが加わる。

あなたは誰？　あなたは誰？　あなたは誰？　突然、耳をつんざくようなチャバラカッコウの大きな鳴き声が、まるで部屋のなかにいるかのようにぎょっとするほど近くで聞こえ、ほかのすべての音をかき消す。たくさんの鳥たちが家のまわりじゅうから同じ問いを投げ返してきて、まったく同じ鳴き声が四方八方でいっせいに炸裂する。

えんえんと続く、あなたは誰？　あなたは誰？　あなたは誰？　という声が、裏のタマリンドの木立から、正面の椰子の木から、あの蛇が棲む木々から、すぐ外のバナナの木から、沼地から、使用人たちの住居を隠している藪から、そしてもっと遠くから繰り返され、まるでほんとうにいつまでも続きそうなひどく腹立たしく騒がしい音を生み出す。その耳をつんざく単調な繰り返しは、誰も止め方を知らないひどく頭にくる機械の騒音のように続く。

突然、娘はそれに耐えられなくなり、両手で耳をふさいだ拍子に不格好にカットされた髪が不意に前に揺れる。近ごろ彼女が生きている幻のような現実が、悪夢に変わるぎりぎりのところで震えているようで、木製のスイングドアを押し開けながら、急いで部屋を出る。力いっぱい押したせいで、彼女が姿を消したあとも扉は長いあいだ震えつづけている。

八

モハメド・ディルワザ・カーンは昼も夜も見張っている。彼の主な職務は、ご主人様を見守ることだ。彼はいつも用心深い目と優れた記憶力で、家とその敷地内で起こることをすべて観察し、記録する。主人の評判には異常なまでに神経をとがらせ、ほんの些細な攻撃に対しても血を見るまで彼を擁護する。非難の気配、あるいは冗談で口にされた批評でさえ、一生続く血の復讐のきっかけになるかもしれない。モハメドの忠誠心は盲目で、絶対的だ。必要とあれば無報酬で、死ぬまで主人に仕えるだろう。主人のためなら嘘をつき、盗み、陰謀を企て、スパイをし、脅し、戦い、ひょっとしたら殺人まで犯すかもしれない。彼は健やかなるときも病めるときも、口には出さない無限の献身的愛情を持って主人の世話を焼く。

主人が休暇に出かけているとき、彼がどうしているのかは謎だ。しかしなにか秘密の個人的な魔法を使って主人が戻ってくる日と場所をつきとめ、深々と額手礼をして帰還を歓迎する用意をし、空港や波止場のあたりで待っている。そしてそのあとは、あたかも一年の中断などなかったかのように、自らの務めを再開する。その間どうやって生活していたのかは、誰も知らないし気にかけもしない。ひとつたしかなのは、彼がほかの主人に仕えたことはなく、これからもけっして仕えないだろうということだ。

モハメドが献身的に仕える男の結婚は、その目が光っている範囲では起こるはずのなかったことだ——彼が知れば邪魔していただろう。既成事実に対してはこっそり妨害するしかないが、モハメドはそれが続くことはけっしてないと決めこんでいる。彼はあの娘のことを、敵であり競争相手であるとみなし、可能なかぎり早く片をつけるべきだと思っている。しかし彼女がまったくモハメドの相手にならず、敵と呼ばれる価値がほとんどないのは、最初からはっきりしている。あの娘には、彼に負けないためのあらゆる資質が完全に欠けており、自由に使える愛という武器さえ持っていない。

モハメドは彼女のことをひどく見下している。気候に順応することも使用人たちを管理することもできず、彼の権威を問題にすることもなくそのままにし、おどおどして、彼にいわせれば魅力がなくやせっぽちだ。ほかの白人たちにも人気がないため、主人の名声を高めるために趣向を凝らしたパーティーを開くこともなければ、ほかのどんなこともしない。など、など。挙げればきりがない。

モハメドは最初からずっと密かに狡猾なやり方で、主人が彼女に対して抱く印象を傷つけ、主婦として、女主人として、けなしてきた——妻としてさえ軽んじているが、扱いが難しいこの危険な分野に関しては仄めかすだけにとどめ、主人の選択能力を侮辱しているととられそうな計り知れない軽蔑は陰険にごまかしている。

九

太陽はいま頭の真上、家の真上にある。一日のうちでもっとも暑い時間で、生命は一時停止し、全世界があえぎながら横になって、暑さという災いがましになるのを待っているようだ。あまりの暑さにさすがのチャバラカッコウたちも沈黙し、虫の群れが立てる音さえ聞こえない。タマリンドの木々を揺らす風はそよとも吹かず、その細い枝や斑入りの葉の影は壁や屋根に投げかけられた黒い網目のようで、それ以上の日陰ができることもない。あの聖なる蛇は巨大な木々の奥に引っこんでとぐろを巻き、じっとしている。びっしり茂った黒っぽい色の、石に彫られたように見えるかたそうな群葉は、そこに避難している小型の緑色のオウムが一羽、暑さにやられて小さな輝く流星のように地面に落ちても、かすかに揺れもしない。落ちた鳥は一時間以内に、アリたちによって処理されることだろう。

家の周辺ではなんの動きもない。目に見えるところにいる唯一の生き物は、裏のポーチで寝そべっている伝令だけだ。彼は飾り帯と所属先の記章をかたわらに置き、持ち上げた腕を顔の上で組んでいて、その三角形の頂点の下からは黒いあごひげが突き出し、ほかのふたつの頂点からは黒い針金のような脇毛の房がのぞいている。

目もくらむほどのまぶしさで、家のなかでも敷地内でも動くものはない。もつれた藪に隠された、使用人たちの住居になっている雑然とした村のような小屋の群れのなかでもそれは同じで、絶えず聞こえる子どもたちの泣き声さえ静まっている。一匹の飢え死にしかけた野良犬が小さな日陰に頭を入れて喘いでおり、そこで見られる唯一の動きは骸骨を思わせる胸郭のふいごのような動きだ。

家の主人は蚊帳の下でうとうとしていて、それをターバンを巻いた若者がしゃがんで神経質そうに見守っている。彼が跡を継ぐことになっているあご髭を生やしたイスラム教徒は、階下に下りていくところだ。その引き締まったむき出しの脚は黒っぽいハサミのように閉じたり開いたりし、腰に引っ掛けるように巻いた白い生地を背景に、その輪郭がはっきりと浮かびあがっている。彼の上半身の色は、白いものが交じったあごひげよりも一段か二段濃いだけだ。いま彼はほんの小さな音も立てずにベランダに出ると、ワシ鼻をした顔を左に向ける。

家の日陰の側にあたるここで、娘は古いデッキチェアーにゆったりと座って、むき出しの脚を横に垂らし、むき出しの腕は椅子の背のほうにのばしている。体が最大限、空気に触れるようにする体勢だ。膝の上には手紙が一通のっているが、読んではいない。それは何日か前に届いたもので、すでにあまりに繰り返し読んだせいで折り目が薄くなりすり切れはじめている。大学名が入った便箋に書かれている手紙の内容は暗記している。貴女が昨年獲得した奨学金を受け取れないとはほんとうに残念なことだ――いまからでも考えなおすことはできないだろうか……？　貴女は白人の墓場として知られる未開の国で、その才能をむしろむだにしているのではないか？

娘はその手紙を、注意深く夫から隠している。いまそれをおおっぴらに開いているのは、彼がたまたまマラリアの発作に倒れているからにすぎない。もっともベランダの向こうのまぶしい光のほうが、手紙よりも気になっている様子だが。彼女が座っているところからは敷地のむき出しの地面の一部と、ぐらぐらした境界の柵、その向こうの小道が見え、そのすべてが異国風の蘭と、それらの寄生植物が栄養源にしている死んだ動物の宙にぶら下がった大きな骨に縁取られている。娘はそのどれも、ほんとうに見ているわけではない。夫の従者がやってきたのにも気づかず、座り心地の悪い椅子に座っていることとやすさまじい暑さにも同様に無関心で、もし母親が機会を逃さず彼女を嫁がせていなければ現実になっていたであろう人生を、夢想している。

手紙の一節を思い出しながら娘は、自分をほかならぬこの結婚に追いこんだあの女の決意は、蚊やそのほかの病気を媒介する生き物がまだ撲滅されていないことからこの地域につけられた、「白人の墓場」という扇情的な呼び名となにか関係があるのだろうか、と考えている。おそらく彼女を戻ってこさせないためだろうと結論づけながら、娘はそのことを取り立ててなんの感情も抱かずに受け入れる。生まれてこのかた、彼女の才能に気づかない人々に囲まれて望まれない存在でいることには慣れている。これまでにその知性を認めてもらえたのは、学校にいるときだけだ。そして、まだ何カ月もたっていないその時代は、すでに計り知れないほど——神話の時代かと思うほど——遠く思われる。だから娘はその手紙にほのめかされていることを、真剣に考えてはいない。彼女にできるのはせいぜい、日一日と少しずつひどくなる暑さに対処することくらいだ。敵意のこもった視線を注がれているのに気づかず、娘は横になって大学生活を夢見ている。その夢を現実に変えてくれるかもしれない自己主張をしようとすることは、彼女にはできない。

モハメド・ディルワザ・カーンのほうはいつでも、今夜の夕食はどうするのか尋ねるつもりでいる（彼の主人は床についているし、妻のほうはしばしば食事の席にいなかったから、そう尋ねるのはもっともなことだ)。万が一彼女が顔を上げ、なんの用かと訊いた場合には。どうして彼女がそうしないのか、モハメドには理解できず、彼がそこにいるのを知らないふりをしているのではないかと疑っている。彼の主な関心事は、その手紙だ。家に届くすべての手紙と同様に、モハメドはそれが届いたことに注意を払い、心に留めている。彼女が夢中になっている様子を見ると、その手紙は極めて重要なものらしく、注意深く隠しているところから恋文だろうと結論づけている。実際にそれを手に取り細心の注意を払って調べたことがあるが、モハメドには英語が読めないのでなんの意味もない。あえてそれを持ち出して翻訳させないのは、隠し場所から盗み出せば間違いなく彼女に気づかれてしまうからだ。厳めしく禁欲的な顔に白髪交じりのあごひげを生やし、旧約聖書に出てくる預言者のような風貌をしたモハメドは、非難がましく顔をしかめる。それからこれ以上彼女を見張っていても得られるものはなにもないと判断して、家のなかに引っこむ。

ほぼすぐにまた裏のポーチに出てくると、モハメドは意地の悪い冷笑を浮かべて、横になっている伝令をじっと見下ろす。その男はぐっすり眠っていて、小さくいびきをかくたびにあごひげがかすかにそよいでいる。モハメドはコウノトリのように左脚でバランスを取って立つと、棒きれのように細いがきわめて頑丈な右脚で、突然ラバ並みの力で相手の腎臓のあたりを蹴りつける。

「怠け者のブタめ！　これでご主人様の財産を守っているつもりか？」その声は細く甲高い叫びになる。

苦痛のあまり大声をあげて目を覚ました伝令は、急いで四つん這いになり、所属先の記章を回収するのと同時に痛む箇所をさすろうとしながら、うろたえた言い訳と謝罪の言葉をしわがれ声でまくしたてる。それに対する唯一の答えとして、伝令は手荒に追い出され、きちんと狙いをつけて吐かれたつばが柔らかい埃のなかでジュッと音を立て、男の手からほんのわずかに外れたところに深い穴をうがつ。

このようにして部下の義務感を目覚めさせながら、モハメドは先に進んでいく。ものをつかめそうなくらい指がひどく広がった大きくてかたい足は、音もなく上下し、石や木っ端、サボテン、サソリ、蛇——どれもこの敷地で危険なものに分類されている——を踏んでも平気だ。

静かな家の周囲を音もなく歩きまわる彼の姿は、生命を吹きこまれた節くれ立った古い木ぎれにかなり似ている。樹液はすべて、とうの昔に容赦ない太陽によって絞り出され、疲れ知らずのなにがあっても壊れそうにない様子で、強烈な真昼の暑さのなかを歩きまわりながら、瞬きをしない目ですべてを見張っている。

十

ぱりっとした英軍医療部隊《R・A・M・C・》の熱帯仕様の制服に身を包んだ、四十歳くらいの端整な顔立ちの少佐が階段を下りてくる。娘は階段の下で彼を待っているところだ。患者の側が癇癪を爆発させることなく、その来訪が静かに運んだことに、彼女はほっとしている。あとはもう、この軍医をポーチの陰で待っている車まで送っていくだけだ。娘はこの軍医とは初対面だ。階段を下りてくる彼は、冷静で頭が切れ、自信にあふれ、社会的に歓迎されるすべてを体現しているように見えるが、彼女のほうはそうではない。そんなわけでこの軍医がいると娘は少し落ち着かない気分になり、帰ってくれればほっとするだろうと思っている。

「心配はいりません」軍医が彼女にいう。「三、四日のうちに快復するでしょう」

彼の声は耳に心地いいが、ぶっきらぼうだ。娘は相手がまっすぐ車に向かうものと思っており、彼が足を止めて自分のほうを見ているのに驚く。それと同時に後ろでボトルを置く音がして、振り返ると、モハメド・ディルワザ・カーンが居間に飲み物のトレイを運んできている。そのイスラム教徒は顔を上げ、このところ彼女がなにかへまをしたと思ったときに見せる非難がましいしかめつらを、まっすぐ向けている。病室の管理を勝ち取ったいま、彼は軽蔑をろくに隠そうともしない。娘の頬がかすかに赤くなったのは、彼に立ち向かわないことを恥じているから、あるいは立ち向かっていないのを軍医に気づかれることを恐れているから、それとも軍医に飲み物を出すことを思いつかなかったからだともいえるだろう。

いま娘は飲み物を勧め、相手も応じる。ふたりで一緒に入った部屋のなかは、本が数冊転がっていることをのぞけば、何カ月か前に初めて目にして、どうしようもない鈍いわびしさにすっかり気落ちしたときのままで、改善の余地はなさそうだ。男は部屋には興味がない。その注意を引いたのは娘の若さで――見た目も、実際にもそうなのだが、彼のほとんどの女友だちよりいくつも若い――彼女がぎこちなくウイスキーを量ってグラスに注ぐのをじっと見る。

ふたりが初対面なのは、娘がめったにクラブに出かけないからだ。そこでは彼は、どこへいってもそうであるように目立つ存在で、小さな共同体の指導的立場にあるが、それ以上に軍人としてよく知られている。特権的カーストの一員だ。彼は広く人気があり、控え目なドンファンと噂されている。男たちは彼のことが好きで称賛し、女たちは彼に熱をあげている。

娘は彼にグラスを渡しながら、自分でソーダを足すよう勧める。男は彼女から目を離さずにサイホンを一度押し、ずっと彼女を見つめたままでグラスを取り上げる。

「乾杯!」彼はわずかにグラスを上げて飲む。「あなたは飲まないのですか?」

頭を振ると髪が前に垂れ、娘は顔にかかった髪をかき上げる。相手が落ち着いた様子でひどく開けっぴろげな視線をいつまでも注いでくることに、かなり困惑している。

彼が発した次の言葉も、ばつの悪いものだ。

「あなたの噂はいろいろ聞いていますよ」彼女の沈黙を無視して、男はまったく隠そうともせずに目で彼女のドレスを脱がせながら、冷静に見つめつづける……下になにか着ているのだろうか？　ブラジャーをつけていないのはたしかだ……そんなものがなくても形はいい……おそらくパンティーも穿いていない……

彼の噂を聞いたことのある娘は、疑わしげにちらっと相手を見る。たしかに見栄えはいいが、彼女にはその軍医がロマンチックな人物には見えない。彼女にとっては中年男に見えるからだ。ぼんやりと、亡くなった父親と同年配だろうと思い、なぜかそのせいで安心する。急にさっきまでよりくつろいで、娘は笑みを浮かべて相手に話しかける。「きっとろくな噂は聞いておられないんでしょうね」長いあいだ笑っていなかったことに薄々気づき、相手のおかげで面白がり自然にしゃべることができるのを感謝する。

男は保留つきではあるが、彼女について概ね好ましい結論に達して、微笑み返す。少なくとも娘の笑顔は魅力的だ。それ以外の点では彼女はその資質に欠けているように見え、不格好なボブヘアが女学生のようだ。きっと地元のジャップの床屋に切らせたものだろうが、学校の寄宿舎で爪切りバサミで切られたのかもしれない。その髪に魅了されている彼はそれを残念に思い、なでてやりたくなる。豊かでつやつやした髪は、あまりに細いので扇風機の風を受けているあいだずっと、それ自体が命を持っているかのようにそよいでいる。その一方で彼女自身は妙に活気のない印象で、夢遊病の可能性を疑いたくなるほどぼんやりしてうわのそらだ。きっとどこか悪いにちがいないが、男には見当がつかない。彼が貴重な時間を割いて娘のことを知ろうとしているという事実に、彼女は感謝しているように見えない。どうしてこの名誉に気づかずにいられるのだろう？　彼女と立場を交換できるものならほかの女たちはどんなことでもするだろうということに、気づかずにいられるものだろうか？

いま彼はこう尋ねて、娘を驚かせる。「ところで、あなたの具合はいかがですか?」彼女がきっかけを与えないので、男は医者という職業にかこつけて個人的な想いを伝える。「不作法なことをいうつもりはありませんが、少々顔色がよくないようだ——気候のせいで参っておられるのでは?」

しかしこの問いかけにはなんの効果もない。彼女は肝心な点を見過ごしてまったく理解せず、たんにこう答える。「この暑さには慣れることができません」「残念ながら、それについてはたいしてできることはありませんな」男の声に、かすかにいらだちがにじみはじめる。「ですが元気をお出しなさい! 雨期が近づいていますよ」

一瞬、ふたりは沈黙のなかで見つめあい、男のほうは無意識の魅力を放つ笑みを浮かべながら、彼女に最後の機会を与える。娘はそれを感じはするものの、相手がなにを不満に思っているのか理解できずに戸惑うばかりで、なんといえばいいのかわからない。

そのような無反応にいらだって、男の娘に対する衝動は消え、ついに見切りをつける。「さてと、それでは、気分がよくないときには知らせて下さい」彼は不快感をあまり隠そうとせずに、そういう。そして空のグラスを置くと、大股に扉に向かう。そこにはすでにモハメド・ディルワザ・カーンが、彼を見送るために姿を現している。娘はその場にとどまり、急にせかせかした様子になった軍医に別れの挨拶をする。時間をむだにしていたことにひどく腹を立てた彼は、返事もせずに車に飛び乗り、加速して立ち去る。

娘はなにか楽しいことが説明もなく熟す前に終わってしまったことからくる、独特の失望感とともに取り残される。軍医のふるまいの真の理由に彼女が気づくことはけっしてない。最初は感じがよくて、うまが合いそうだったのに。なにがあったんだろう？　なにかまずいことをしたかしら？

突然、夫が現れたのに驚いて、娘はぎょっとする。彼は寝こんでいるあいだにいっそう背が高くなり痩せたように見え、身長二メートル四十センチの骸骨のようだ。骨張った体にぶかぶかのパジャマという格好をしていてさえ、一種の威圧的な優位性を感じさせ、それはかなり印象的だ。ただし家具につかまって体を支えなくてはならない。娘は本能的に夫に手を貸そうとするが、彼の怒った声に動きを止める。

「あのいまいましい薬商人はやっと帰ったのか？　いままでずっと、あいつと一緒になにをしてた？」彼は顔の奥に落ちくぼんで見える目で、妻をねめつける。

「飲み物を出してあげただけよ」

「飲み物だと？」男はひどくうさんくさそうにその言葉に飛びつき、黒い空洞の奥で熱に燃えている目で、非難するように彼女を見る。

口がきけずじっとしたまま、娘は夫がゆっくりと部屋に入り、椅子から椅子へと伝い歩きをしながら、ついに飲み物のトレイのところまでたどりつくのを見守る。そこで彼は中身がどれだけ減ったかたしかめるためにウイスキーのボトルを持ち上げて日にかざし、次にふたつのグラスに注意を向ける。使われているのはひとつだけだ。だからといって、もうひとつを詳しく調べるのを思いとどまることはなく、グラスを置く前ににおいを嗅ぎさえする。「するとおまえはいまのところ、酒を覚えていないんだな」彼は意地の悪い口調でいう。

「そんなものは嫌いだって知ってるでしょう」娘はそう応じ、おずおずとつけ加える。「ベッドに戻ったらどう?」

男はそれを無視し、悪賢く疑い深い様子で、まるで家具の陰にあの軍医が隠れているかもしれないとでもいわんばかりに、部屋じゅうを見まわす。どうして彼が今回に限ってこの部屋を客観的な目で見たのかは、神のみぞ知るだ。そこは彼が独り身の前任者から引き継いだままで、人間味がなく陰鬱でがらんとしている。インド更紗や薔薇を生ける銀の鉢でいっぱいだった母親の応接室をぼんやりと思い出し、男は妻に尋ねる。「なんだっておまえは、この部屋をなんとかしないんだ?」

しかし彼女が「なんとかって?」と聞き返すと、男はとらえどころのない不満をうまく言葉にすることができずに途方に暮れ、たんにじれったそうにあたりを見まわしてから、突然こう尋ねる。「どうして花のひとつも飾ってないんだ?」

もし男が「象」といったとしても、彼女がいま以上に驚くことはないだろう。夫が突然似つかわしくない関心を示したことで、彼女はすでに戸惑っている。娘も無力感にとらわれて部屋を見まわす。それは相変わらず改善の余地がないように見える——どこから手をつければいいというのだろう?

「庭師に花を少し持ってくるようにいえ——もしやつが育てられないなら、バザールで買ってこさせろ。おれはなんのためにあいつに給料を払っているんだ?」腹立たしげにじっと妻に目を据える男の心のなかでは、あらゆる不満が沸きたっている。敵対的な地元民をまたひとり相手にすることになるのかと思い、うろたえているせいで、妻が返事をできなくなっていることには気づいていない。妻の沈黙が、男にはわざと挑発しているように思える。いつも彼をひどく怒らせるのは、まさにこの沈黙であり、妻がまったくなにもせずにただ座っていることだ。「きっとおまえは、わたしの気を狂わせようとしているんだな！」我慢できなくなって、男は爆発する。「どうしておまえは、まったくなにもしないんだ？　家をきちんとするのはおまえの務めだろう——とても鋭い美的感覚を持っているんじゃなかったのか……」

そんなふうに冷笑しても、男の怒りがやわらぐことも、熱の上昇が止まることもない。彼が閉じこめられている暗く閉鎖的な世界で、あらゆるものがぐるぐると、ゆっくり回転しはじめる。そしてたとえ椅子の背にしっかりしがみついていても、彼もふわふわとまわっているようだ。安全な自分のベッドが恋しくてたまらないが、椅子から手を離す勇気がない。実際、苦労してここに下りてきたせいで体力をひどく消耗し、動くことができない。

すべては妻のせいだ。いつものように、男はすべてを彼女のせいにする。もし妻を信じることができれば、起き上がって家のなかをうろうろする必要はないはずだ。いったい彼女はなんのつもりで、あの悪魔のような医者を彼の家に入れたりするのだ？　彼の病気につけこんで、全世界が陰謀を企てているように思える。そして彼は無力だ。刑務所で使われている赤いべたべたする生木でつくられた、血に染まっているような椅子に必死でしがみつくことしかできない。扇風機までが彼に逆らって、回転するときにキーキー音を立てるようになり、そのひどく不快な音が彼の神経を直撃する。明らかに彼を苦しめるため……妻がやっているように……彼という存在の奥にあるなんらかの秘密の弱点を知っていて……

ずきずきする頭痛が、拳を振りまわせとけしかける――扇風機に……妻に……いまいましい全宇宙に。激しい怒りと憤りに駆られながら、男は瀕死のヒキガエルのように唇からこぼれる脈絡のない言葉をつぶやくことしかできない。「――あのいまいましいろくでなしを、わたしに隠れて呼んでみろ……」それから別の不満に移る。

「この部屋を見せてやれ……誰が見てもここに女が住んでいるとは思わんぞ……まったく家庭らしく見えない……」

この最後の言葉が、聞いている側の心にまったく予期せぬ明かりを灯す。突然わいた希望とともに、娘はけっしてこの家になんの永続性も感じていなかったことに気づく。ここを自分の家庭だと感じたことは一度もない。結局のところそれは、彼女が残りの一生をずっとここで過ごすことはないだろう、という意味に思える。だが不満げなつぶやきが続くにつれて、娘はこの勇気づけられる小さな輝きをすぐに見失ってしまう。

男はあまりに激しい怒りに満ちているせいで、あらゆることをひとまとめにして巨大な不満の種にする。憂鬱な部屋、不愉快な軍医、天井に取りつけられた金属製の羽根という機能に問題のある装置、横になっているべき病の床から彼をここに引きずり下ろした不実な妻――彼女はそこにいて、彼の世話を焼き、仕えているべきなのに……

いまや男に残っているのは、われを忘れるほどの激しい怒りと不満の種だけだ。

あの頭にくる飾りのついた槍《バンデリーヤ》につつかれ、目が見えず、肉を突き刺されて傷口から血を流している、闘牛の雄牛のような気分といってもいいかもしれない。その暗闇、黒い血ばかりが部屋に流れこんできて、いたるところにあふれ、彼はそのなかで溺れかけている。まともに目が見えず、もっと明かりを灯せと声をあげようとするが、今度はひと言も出てこない。目の前にある妻の顔は、青ざめた時計の盤面に変わり、重々しく時を刻んでいる。男は渇き死にしかけているようで、喉や口が砂のようにからからになっている。実物より三倍も大きく見えるウイスキーのボトルが彼の前に現れる。だがそれに手をのばすと、腕が肩からちぎれる。

　ずきずきする頭痛が歯医者のドリルに似た大きく持続的なブンブンいう音になり、扇風機が発する細く耐え難い音に途切れ途切れに貫かれ……頭蓋骨に釘が打ちこまれる。なにもかもが急いで彼から逃げていき、ばらばらになろうとしている。部屋の断片的な要素が全速力で通り過ぎながら、崩壊という全体的な急流に溶けていき……

彼もそのなかに落ちて粉々になりかけ……

もはやなにも本物ではなく、例外は細くて黒っぽい筋張った二本の腕だけだ。その腕は不思議なことに実体化し、不思議なことに頑丈さを失わず、彼を力強くつかんで抱え上げると……ついには赤ん坊のように抱いて階段をのぼっていく……

幸いなことに男は、この不名誉の極みを認識せずにすむ。

十一

扉のかたわらにある温度計の水銀柱は、この日の午後、じりじりと一度分上にのびている。そのほかの点ではなにも変わっていない。チャバラカッコウたちは、例のけっして返事のない問いを繰り返しつづけている。ミスター・ドッグヘッドは相変わらず、汗をかくのとがたがた震えるのとを交互に繰り返し、熱は高く、言葉にできないほどひどく機嫌が悪い。なにもかもがまったく変わらない。それでもすべてがすっかり違っているのは、娘が客を迎えているからだ。

いままでのところ彼女の客といえば恩着せがましいクラブのご婦人方だけで、ときおりありがたいことに訪ねてきては、庇護者ぶってあれやこれやに加わってほしいと頼んでくる。それがいま、彼女は初めて自分自身のお客を迎えている。しかも魔法ではないかと思うほど信じがたいことに、この来訪者はほんとうにずっと知り合いたいと願ってはいたがけっして無理だろうと思っていた人物なのだ。なにしろ夫は若い人たちみんなを嫌っているのだから。病人のことを考えると、娘はかすかに罪の意識をおぼえる。だがどうして彼女が罪の意識をおぼえなくてはいけないのだろう？　この驚くべき出会いに関して娘にいっさい責任はなく、それはまったく自然発生的に、彼女のほうからはなにも働きかけることなく、神々からの贈り物のように起こったのだから。

娘は信じられないような思いで、「スエードブーツの人」がほんとうにキーキー音を立てる扇風機の下に座っていることをたしかめるために、ずっとちらちら見ていなくてはならない。彼はとてもくつろいだ様子で、脚を前に投げ出している。例のブーツは間近で見ると実に上品で、明らかにオーダーメイドらしく、ビロードのように柔らかくてしなやかな美しく淡い色の革でできている。

最初のうち、ふたりは落ち着いている。礼儀正しく言葉を交わす。お茶を飲む。

暑さのことや、沼地に棲んでいる蛇――この若者が毎日職場まで歩いていくときに通る小道に、ときどき這い出してくる――のことを話す。彼らはまじめな口調で、偶然の力に触れる。もし若者があの蛇を殺していなければ……もし娘がたまたまベランダから彼を見ていなければ……

不意に娘は、ここに誰かほんとうに話をすることができる相手がいるのだと悟る――ようやく寂しい幽閉生活から解放されようとしている気分だ！　彼女が見るからにうれしそうなので、若者も喜んでいる。ふたりの出会いに関してはほんとうに、かなり注目すべきなにかがあるように思われる。娘はこれからすばらしいやりとりができると思うと少し興奮し、ほとんど酔ったような気分だ。若者のほうも、自分よりははるかに年上で、あれこれ指図し、高価なモスキートブーツをからかう男たちに囲まれて孤独だった――いくらからかわれてもそれを履くのをやめないのは、彼の独立心にとって意味のあることなのだ。いま若者は、同じような年頃の誰かと一緒に息抜きできることにほっとしている。そしてその誰かは、明らかに彼のことを好ましく思ってくれている。

若者は以前クラブで娘を見かけていたが、そのときの彼女は常に無口で——よそよそしかった。彼がそう思いこんでいたのは、自分のことを全能の神だと思い、誰彼かまわずけんかをする、怒りっぽい性格で有名なあの恐ろしい夫のせいだ。いま若者は、彼女がこれまで思っていたのとはほんとうにまったく違うことに気づいている。魅力があり、ほかの女の子たちとは違ってかなり風変わりで面白い。不意に彼は、同じようにどことなく夢見がちで頼りない雰囲気の可愛がっている妹を思い出し、そのことがいまだに脱けきれていない学生時代に教えこまれた勇ましい騎士道精神に訴えかけてくる。

若者は彼女のことを、まったくの子どものようだと思う——あの夫はきっと、正真正銘の年下好みにちがいない。そしていつのまにか、まだ学校にいて当然の歳に見えるのにどういうわけで結婚してこんなところで暮らしているのか、と尋ねている。

「どうしてあんなに年上で、おまけに……」若者は途中で言葉を切る。あの男のいかがわしい評判や、耳にしたある種の噂について、心のなかにあることを口にしたくなくて……

それ以上促されなくても、娘は自分の身の上を語りはじめる。あまりに長いあいだ胸のなかに押しこめられてきたせいで、それは初めて現れた思いやりのある聞き手に向かってあふれ出す。「わたしはけっして彼とも、ほかの誰とも結婚したくなかったの……奨学金をもらって大学に進むつもりだったのに……そうするかわりに結婚するべきだと言い張ったのは、母だったんです……」そう語る娘の口調は、大人がいちばんよくわかっているからと、いつもいわれたとおりにする小さないい子のように、実にあっさりしたものだ。

「なんてことだ!」若者は少し動揺して、娘を見つめる——いまの時代にそんなことがありえるのだろうか？

　だが彼女はそれを当然のこととして、まったく穏やかに受け入れている。「ほら、母はわたしを追い出したかったんです。母はけっしてわたしのことが好きではなかったの——誰だってそうでしょう」

「いいや、ぼくは違う！」若者は即座に断言する。

　その瞬間、娘は彼のことをいままで知り合ったなかでいちばんいい人だと確信し、言葉には出さないが感謝の目で相手を見る。ふたりの目が合い、何かが起こる。ふたりともなぜだかはっきりわからないが、少しうろたえた気分だ。気まずい雰囲気から抜け出すために、彼女は続ける。「夫がわたしのことを好いているとは思えないわ——自分がマラリアにかかったのは、わたしのせいだっていうんです」

「どうしてあなたのせいになるんですか？」ついさっき訪れた奇妙な瞬間の反動で、スエードブーツはいきなり笑いだす。「失礼——でも、どうしても我慢できなくて！

そんなたわごとは聞いたことがありませんよ!」

するとこの家のなかで笑うことは、ほんとうに可能なのだ! その快活な伝染性の音に、娘は心底驚く——笑い声がどんなものか、ほとんど忘れかけていた。若者が笑ったことでなにかの呪文が破れたようで、いつのまにか彼女も笑っている……ネズミのことを思い出さないかぎりは……

いま彼らは古い友人どうしのように、頭を寄せあっておしゃべりをしている。若者は娘よりほんのひとつかふたつ年上なだけで、ふたりともとても若く、やや子どもっぽい雰囲気を周囲に漂わせている。扇風機の絶え間ないブンブンいう音が、彼らを小さな音のテント——時がたつのを忘れてしまう自分たちだけの個室——に閉じこめる。

家の日陰の側にあたる彼らの後ろには窓が三つあり、すべて開け放たれている。ふたりはすっかり話しこんでいる。最初の窓枠のなかに大きな白いターバンをのせてあごひげを生やした顔が現れても、ふたりとも気づかず見まわしもしない。その顔はなかをのぞいていったん消えたかと思うと、今度は二番目の窓にまた現れ、そこにかなり長くとどまっている。第三の窓に現れないのは、おそらくすでに見るべきことはすべて——それほど多くないのは間違いない——見たのだろう。

そのすぐあとで、スエードブーツが腕時計に目をやる。「しまった！　もういかなくては！」若者は椅子を後ろに押しやるが、腰を上げられない。娘を置いていきたくない。ふたりはふたたび話しはじめる。しかし彼は、二階で床についている夫のことを考えると、少し落ち着かない気分だ。あの男は彼がここにいることを知っているのだろうか？　もしそうならきっと、ふたりでこんなに長い時間いったいなにを話しているのかと思っているにちがいない。「ほんとうに、もうおいとましなくては」突然、意を決して若者は立ち上がり、きびきびした口調で別れの挨拶をすると、スイングドアを押し開けながら歩き去る。

娘にとっては、彼が光も一緒に連れていってしまったようなものだ。彼女は石の床にかなり大きく響く、遠ざかる若者の足音に耳を澄ます。なぜかそのせいで、娘も二階の男のことを考える。だがもし彼が耳にしても、なんの問題があるだろう？　誰かをお茶に招くことに反対する理由はないはずだ——それ以上に無害なことがあるだろうか？　それにもかかわらず、娘は急に不安をおぼえる。お客をこんなふうに帰すわけにはいかず衝動的に追いかけて、相手がちょうどベランダから下の敷地に下りていこうとしているところに追いつく。

「やあ！」若者は彼女を見ると、驚いていう。ここまできて出発を遅らせたくはない。それにここは、ぐずぐずと別れの挨拶をするのに適した場所ではない。午後の暑さとギラギラした陽射しがまともに照りつけるのはポーチがさえぎってくれているが、あまりに暑すぎてとても居心地がいいとはいえない。

娘は若者がじれているのを感じ、すでに彼を失ったも同然の気分だ。相手に目をやるかわりに、彼女は足もとの割れやすい木材に視線を落とし、ほとんどささやくように尋ねる。「また会えるかしら?」頭を垂れ、髪の毛で顔を隠しながら。

「もちろん。明日では——どうかな?」若者のとても前向きな答えを聞いた娘は、初めは気分がましになる。だが一瞬あとには、そこまではっきりした返事をすることで、彼が無茶をしているように思える。いつもの恐怖が戻ってきて、娘は感傷的につぶやく。

「いつもわたしのまわりは、うまくいかないことばかりなの……」娘の顔には無力で不安そうな、子どものような表情が浮かんでいる。その子どもは、大人たちが自分の新しい友だちを気に入らず、ふたたび会うことを禁じられるだろうと知っている。そして彼女は子どものように、そうなったら世界の終わりだと思っている——そのような災難の向こうを見通すことはできない。

だが彼女の心の内を知らない若者には、そのふるまいは少し奇妙で不自然に見える。彼女は強い印象を与えようとして、一種の〝悲劇の女王〟のふりをしているのだろう、と若者は思う。それでも彼は、自分にいわせれば彼女にはまったくなんの問題もない、と請けあってやる。

感謝した娘は、若者に魅力的な笑顔を見せる。たとえなんでもないことを大げさにいっていたとしても、そんな彼女がほんとうにかなり可愛らしく見えたので、若者は無謀にも、毎日訪ねてこようという。どのみち通らなくてはならないのだから、彼女が飽きて、もうこないでほしいというまでは。若者はふたたび微笑むと、最後の別れの挨拶に手を振って三段下の敷地に飛び下り、急いで彼女の視界から消える。

より涼しい扇風機のある部屋に戻るかわりに、娘はその場にとどまって、なぜかわからないが相変わらず少し不安な気持ちで、じっと若者を見送る。頭上の垂木の陰に隠れている一匹の大きなヤモリが、時計が打つように単調にゲッコ、ゲッコ、ゲッコと繰り返しはじめる。それと同時に思いがけなくモハメド・ディルワザ・カーンが現れて、彼女はぎょっとする。裸足の大きな足で音を立てずに、敷地から階段をのぼってきたのだ。彼は頭を下げると、背けた顔にいっさい表情を浮かべず、すばやくそっと通り過ぎる。

娘の漠然とした不安がすべて強まり、気がかりな疑問が次から次に頭に浮かんでくる。仕事はないはずのこんな時間に、陽射しが降り注ぐ家の外で、彼はなにをしていたのだろう？　けっして正面玄関は使わないのに、どうしてこちらからやってきたのだろう？　どうして彼女を見なかったのだろう？

娘は階段を駆け下りてポーチの影のいちばん端に立ち、そこらじゅうを見まわして、外の燃えるようなまぶしい光のなかを目で探る。スエードブーツの姿はすでにない。敷地に人気はなく、道路と小道も同じだ。どこにも人影は見えない。なにも起こってはいない。

あまりに暑すぎてそこにとどまってはいられず、娘は家に引き返す。彼女がなかに入るとき、ヤモリはまだゲッコと鳴いている。その鳴き声を機械的に数えると、十二回を超える。

十二

　スエードブーツがふたたび、お茶を飲むために訪れている。彼は約束どおり毎日現れ、娘に少し恋をしているような気分になっているが、はっきり態度に表すほど真剣に考えているわけではない。ときどき例の夫の存在を思い出すと、彼は少し心配になる。あの男は快復して、いまでは仕事に戻っている。向こうが自分について一度も触れたことがないと聞くと、毎日訪ねていることを知らないのだろうかと思う。しかしこの噂話の国ではそれはありえないことで、枝分かれした情報網の一本一本には大きく開いた耳がまとまって芽を出している——あの男がなにも口にしないのは、実に異例のことなのだ。若者は心のなかで、きっとあの男はたんに無関心なのか、ひょっとすると妻に誰か話し相手ができたおかげで自分が悩まされずにすむことを喜んでさえいるのかもしれない、と言い聞かせる。だが男がほんの少しでも妻に悩まされたことはけっしてなかったから、この議論はあまり説得力があるとはいえない。

驚くべき話だが、若者の訪問は誰にも気づかれていないらしい。そして沼の小道を使うヨーロッパ人はめったにいないから、自分たちはいつまでも人目に触れずにすむのだと、彼は自らに信じこませる。もちろん若者は娘に会いにいくのを恥じてはいない――まったく逆だ。だがひとたび秘密が明るみに出れば、自分たちふたりが悪質な噂話の標的になる運命だということはわかっている。ふたりの無垢な関係は、あらゆる種類の胸が悪くなるような仄めかしと噂で汚されてしまうだろう。いつもセックスの話題で沸きかえっているこの地域では、小さな白人の共同体は醜聞の温床だ。新しく明るみに出た情事はどれも大変な注目を浴び、真偽のほどにはさほどこだわらずにえんえんと議論され、報告される。なかにはひどく暇をもてあまし、暑さのせいで興奮しすぎて、自ら卑猥な尾ひれをつけて事細かに飾り立てた性的幻想と現実を混同し、ともすれば道を踏み外した想像に耽っているといって他人を非難するものもいる。彼らがどれだけ猛烈な勢いでニュースに飛びつき、それを内輪で熱心に触れまわって、その病的な幻想によってまったく見る陰もないほどゆがめてしまうかはわかっている。自分の純粋な愛情がそこまで卑しくおとしめられるとは考えたくもないし、あれほど無力で無防備な娘が犠牲になることを思うと耐えられない。

しかし彼の若い楽天主義が、真剣に悩むのを妨げる。彼は将来起こるかもしれないことはあまり心配せず、現在を楽しむことに集中する。いまのところ物事はとてもうまく運んでおり、娘は以前より幸せでくつろいでいるように見える――少なくとも彼と一緒にいるときは。若者は鈍感ではないから、彼女が自分は永遠に不運から逃れられない運命なのだと思っていることには気づいているが、その将来の見通しをもっと明るいものにできるものと確信している。

まず手はじめとして、すでに彼は自分たちが友だちづきあいを続けることは許されるだろうと、もう少しで娘に納得させられそうなところまできている。もっと彼女と一緒に過ごすことができさえすればいいのだが。若者の訪問はいつも、ふたりが話したいことをすべて話すにはあまりに短すぎる。彼らはありとあらゆることを話しあい、大いに笑いもする――娘はあまりに多くの笑いを失っており、それを埋め合わせなくてはならない。だがこの日の午後はたまたま、より真面目な会話になる。というのも、ちょうど彼女が大切な手紙のことを話し、若者に見せるために階下に持ってきたからだ。

怪しまれることも見とがめられることもなく、一瞬窓からなかをのぞいたあごひげを生やしたスパイは、見慣れたすり切れた便箋をふたりがのぞきこんでいる光景に戸惑う。その様子は彼が考える恋文の概念には、あまりあてはまるように見えない。

おめでたい無知と彼なりの企みもあって、スエードブーツは娘に、いまならまだ手紙の差出人が提案しているように大学で学問を再開することはできるはずだという。どうして彼女がここにいなくてはならないというのだろう? こんなにひどい気候の土地で、けっして結婚するべきではなかった、彼女を無視し、彼女のほうも少しも気にかけていない倍も年上の男に縛りつけられて。しゃべっているうちに若者はひどく興奮し、話が終わっても娘がなにもいわないことにがっかりする。彼女の顔はなかば髪の毛に隠れて見えない。手紙の上に屈みこんで注意深く封筒に戻すときに、前にこぼれたのだ。

若者にとって、彼女の髪を見るのはいつも喜びだ。かすかに乱れてふだんよりも量が多く見えるから、きっと今日洗ったところなのだろう。まっすぐな金髪は不器用にカットされた形に従うのを拒み、いつも跳ねている。扇風機の風で表面の髪が一本一本そよぎ、その小さな動きが髪のかたまりになると増幅されて、輝く明るい部分のせいで絶えず変化する渦巻きができている。しかし髪そのものは魅力的でも、その絶え間ない動きによって持ち主がじっと動かず黙っていることが強調され、そのことに若者はかすかにいらだちはじめる。どうして娘がこの状況を変えようともせずに我慢しているのか、若者には理解できない。簡単にできそうに思えるのに。

「きみは出かけていって切符を予約するだけでいいんだよ」若者は彼女にいう。そして相手がまだ黙っていると、じれたようにつけ加える。「きみは牢屋に入ってるわけじゃないんだ！」相変わらず彼女がなにかいうのをむだに待ってから、ついに彼は爆発する。「人生は一度きりしかないんだよ！　きみはいつも、ほかの人たちにかわりに管理してもらうつもりかい？　まるで六歳の子どもみたいに」

この期に及んでも、娘は答えを思いつかない。船か飛行機に乗るのはまったく簡単なことだと若者がどれだけたびたび繰り返しても、その提案が自分にとっては純粋に理論上の問題のままだということはわかっている。ほんの一瞬でも、実際に行う可能性のあるなにかに見えることは、けっしてないだろう。彼女は腹を立てないでほしいと懇願するかのように、訴えるような目で若者を見る。彼をいらだたせたくはないが、中断されたところから元の暮らしを再開するのが彼女にとってどれほど不可能なことかを説明するのは、無理だと感じている。乗り越えることのできない障壁が彼女と過去を隔てているのだと理解させることは、けっしてできないだろう――彼には乗り越えられない障壁など存在しないのだから。どうやらここで唯一挙げるべきなのは、お金がないという明白な障害のようだ。

　すると若者はたちまち、この問題をいとも簡単に片づけてしまう。運賃は自分が立て替えよう。いつでも好きなときに返してくれればいい。いっさい返してくれなくてもかまわない。そんなことは問題ではない。どうやら彼の両親は裕福らしく、息子にたくましさを身につけさせるため、そしてある種の若気のいたりでしでかした悪ふざけの代償として、一年かそこらこの地に送り出しただけのようだ。その悪ふざけについては、若者は皮肉なしかめつらで触れただけで、詳しいことは語らない。

　ようやくいま、娘は片手で髪をかき上げながら顔を上げ、不思議そうに彼の顔をまじまじと見る。いままでにこれほど寛大に接してくれた人は、まったく初めてだ。

若者の気前のよさに感動し、娘はひどくびっくりしている。恩知らずのように思われるのには耐えられないし、彼の申し出を拒む勇気もないが、その計画はやはり、以前とまったく変わらず非現実的に思える。相手を喜ばせようと、娘はよく考えてみると約束し、そのあいだずっと彼を見ている——その表情に若者は、もう少しで立ち上がって彼女を抱きしめそうになる。

そうするかわりに若者は話を変え、すでに何度か話しあった話題に戻る。その話題には、娘にとって返事をするのが同じくらい困難な問いが含まれている。若者は自分の車で彼女をピクニックに連れ出したがっている。そうすれば、たいてい涼しい風が吹いている川まで下っていくか、彼女が一度も見たことがないジャングルの少し奥まで入っていくことができる。娘にとってそれは、この世でいちばんやりたいことだ。しかし若者に日程の都合をつけるよう頼まれるといつも逃げ腰になり、答えをはぐらかす。彼女の夫はよく遅くまでオフィスで仕事をしているから、先に帰ってくるのは簡単なことなのにもかかわらず。若者にはそれが理解できない——千年たっても、彼が娘の真意を言いあてることは決してないだろう。

その真意とは、ふたりのあいだのすべてを同じ状態に保っておきたいという、娘の迷信的な願いだ。どのような革新も危険で、現在の不確かな幸せに対する脅威に思える。もしできるものなら、最初の午後を永遠に追体験し、まったく同じ会話を無限に繰り返していたい。本人は認めるつもりはないが、娘の心の奥には常に、すべてを終わりにしなくてはならなくなるなんらかの致命的な悪夢の瞬間を恐れる気持ちがある。だがその恐れにははっきりした形がなさすぎて、言葉にするにはあまりにあいまいなので、彼女はけっして口にはしない。「いつかいくなら、ほんとうに早くしないと」若者はいま、新たな急き立てるような口調になっている。「いったん雨期がはじまったら、どこにもいけなくなってしまうよ」

つかのまの驚きをおぼえた娘は、最近では恐ろしい暑さでさえ自分にとって取るに足らないことになっているのに気づく。だが天気のことを考えたいま、空気に重苦しさが加わり、電気を思わせるぴりぴりした新しい底流——なにかが爆発しようとしているのではないかと思うほどの——を感じる。まだ若者の機嫌を損ねないような答えを探しているときに、タマリンドの木立のなかで一羽のチャバラカッコウがとても大きな声で鳴きはじめ、彼女はほっとする。それがやむまでは、なにもいうことはできないと思ってもらえるだろう。

あなたは誰? あなたは誰? あなたは誰? という鳴き声を、どうやら飛んでいる最中らしい別の鳥が繰り返し、その鳥が近づくにつれて問いかける声が大きくなる。その鳥は家のすぐ外に生えているバナナの木の緑色をした房のなかでパタパタ羽ばたくと、大きな声でまっすぐ部屋のなかに向かってあなたは誰? と鳴いてから、ふたたび飛び去る。そのあいだも相変わらず声を限りに、いまだかつて誰も答えたことのない問いを叫んでおり、その鳴き声は何キロ圏内かにいる別のチャバラカッコウすべてによって繰り返される。

あなたは誰？　あなたは誰？　あなたは誰？　大きさを増していく騒々しい鳴き声が、家の左右両側から、裏から、正面から、敷地内から、道路から、沼から、木立から、いたるところからいっせいに聞こえてくる。何百、何千という鳥たちがみな、声を限りに叫んでいる――彼らがこれほど騒ぐのを聞くのは初めてだ。そのすさまじい叫び声は、気が変になっているだけでなく強迫的にも聞こえ、娘は落ち着かない気分になる。なかにははっきりと不吉に響く声もあるようだ。だがそれはきっと、彼女の想像にちがいない。というのも、すべての鳴き声はそっくり同じだからだ。どの声にも、ひどく頭にくる単調で止めることのできないしつこさがある。すべての声は等しく機械的で動機というものがなく、怒りや恐怖、愛、あるいは鳥らしいどんな感情も表していない――そのたったひとつの働きは、人々の頭をおかしくさせることのようだ。

どんな人間の声も、そのやかましい鳴き声には太刀打ちできない。扇風機の下のふたりは為す術もなく座り、騒ぎが静まるのを待つしかない。スエードブーツが微笑み、娘も追い払うことのできない不安を隠して微笑み返す。彼女は本能的に耳をふさいでいるが、あの鳥たちはみんな急に気が触れてしまったのかしらと尋ねようとして、手を下ろす。しかしその同じ瞬間、彼がもはや微笑んでいないことに気づく。

若者がすでに気づいていた新しい音を、娘はたったいまとらえたばかりだ。その音もまた機械的で変化に乏しく、機械が立てるすべての物音に共通の、何事にも無関心にひたすら続く、同じような容赦ないしつこさを持っている。鳥たちがうわごとのように同じ問いを繰り返す大混乱のなかでは、その低いブンブンいううなり、あるいはゴロゴロいう音をたどるのはたやすいことではない。それが近づいてくる車の音だと気づいたとたん、不意に音がやむ。

なにもかもがそれとともに止まる。あるいはそんなふうに思える。とにかく鳥の鳴き声が突然、中断する。それが車に邪魔されてやんだのか、爆発的にほとばしって自然にやんだのかを判断するのは無理な話だ。不意に訪れた静寂のなか、不自然に大きな音を立てて着々と近づいてくる足音が聞こえる。その足音が誰にも止められない機械の恐るべき確固たる規則正しさで、石敷きの床を踏み鳴らし、扉に向かって進んでくると、そのフラップがぱっと開いてミスター・ドッグヘッドが入ってくる。

彼はふたりをにらみつけながら、何歩か離れたところに立つ。その冷たくてとても明るく青い目には、あまり正常とは思えないきらめきが宿っている。額のぐるりには赤い帽子の痕が残り、その横柄で傲慢な表情からみれば、それは王子の冠なのかもしれない。誰ひとりしゃべりも動きもしない。三人そろって宙ぶらりんになっている様子は、催眠術にでもかかったようだ。扇風機だけが物憂げにまわりつづけ、それが回転するたびに発する甲高いきしみが、いまでは耳をつんざくように大きく響いている。

もちろんこれが娘の恐れていた瞬間、あらゆることが突然終わりを迎えるときだ。恐怖を完全に意識してはいないが、彼女は自分の幸せを救うためになにかしなくてはと感じる。そしてなにか重い物体であるかのように目の前のティーポットを動かしはじめるが、最後までやり遂げることはできない。どのみちそんなことをしてもむだだろう。「お茶を少しいかが？」娘の小さな声はその静寂に少し食いこむものの、それ以上先には進めないようで、結局彼女は以前のように黙って動かなくなる。

夫は彼女には目もくれない。その青い目は嫌悪と底知れぬ侮りを浮かべて、冷たくじっと訪問者を見つめている。その大きくて貴族的な鼻を人を見下すように突き出して、男は尋ねる。「おまえはここでなにをやっているんだ？」その口調はまるで、こう尋ねているかのようだ。「いったいおまえはなんの用があって、原始の泥土のなかから這い出してきたんだ？」

スエードブーツはうろたえて立ち上がり、もごもごとなにかいうと前に進み出て、ほとんど無意識に手を差し出す——相手の男の尊大で侮辱的な態度が無視できない緊張と結びつき、いつもの落ち着きを完全に失っている。

一秒、あるいは数秒のあいだ、このふたりは向かいあっている。彼らの服装はよく似ていて、どちらもショートパンツを穿き、半袖のブッシュジャケットを着ている。ジャケットにはベルトと、ボタンで留められるたくさんのポケットがついていて、肩の垂れ飾りはどことなく軍隊風だ。だがその格好は、片方の場合は将官の制服といってもも通るかもしれないが、もう片方の場合はどちらかというとボーイスカウトの制服に似ている。それを身につけているものの若くてむき出しの丸い膝小僧は、なかば哀れを誘い、なかば滑稽でもある。彼よりずっと背の高い年長の男の頑丈でたくましく毛深い膝とは、似ても似つかない。相手は尊大さにおいても、痩せて成熟した筋骨たくましい男らしさにおいても、あらゆる意味ではるかに手強く、そのうわべの陰にはなにか、どことなく不安定で心をかき乱す気配が感じられる。

突然なんの前触れもなく、急にひどく怒りだしたドッグヘッドは、握りしめた拳を振り上げると差し出された手に恐ろしい力で振り下ろし、払い落とす。「出ていけ!」

男は獰猛な犬のようにぴしゃりという。たった一言の命令と、それと同時にぐいと頭を動かしたことは、どちらも究極の軽蔑を表している。

若者はひどく顔を紅潮させ、痛みと激しい怒りのあまりよく聞き取れない怒りの言葉を口走る。ほとんど涙を浮かべそうになっている様子は、ますます怒り狂った幼い少年に似ている。敵を前にした未熟な巨人殺しのジャックのようなものだ。この場合は明らかに、殺すのは巨人の側であることを別にすればの話だが。

「出ていけ！」二度目にぴしゃりと発せられた命令は、鼻持ちならない優越感を帯びている。「それとも襟首をつかまれて放り出されるのを待ってるのか？」

若者の紅潮した顔が今度は真っ青になるが、彼は勇敢にも好戦的な態度を装う。とはいえ彼に望みがない――希望のかけらもない――ことは、あまりにはっきりしている。相手の狂人は彼をモップがわりにして床を拭いたり、こてんぱんにやっつけたり、いろいろとするだろう。

だが最後の瞬間に娘が叫び声をあげて、その状況から彼を救う。「だめよ、やめて……！」そして両手で顔を隠す。

すると若者は大いにほっとして、分別よくボクシングの構えをやめ、臆病者の汚名を着せられることなく退却する機会に感謝する。彼は娘のためにそうしているのだというふりをして、急いで部屋を出る。彼女を見ないようにし、恥ずかしげなのはもちろん、ひどくばつが悪そうに。

「やつが敷地から出ていくのを確認してこい」という命令によって現れたかのように、モハメド・ディルワザ・カーンがお辞儀をしてその指示を受け入れ、ただちに音も立てず滑るように出ていき、立ち去る客のあとを追う。

夫と妻はいま、ふたりきりだ。妻のほうはじっと動かず、さっきと同じ場所で顔を隠していて、そのあいだに扇風機のきしむ音が神経を逆なでしながら気が変になりそうな頂点に達する。構造に欠陥があるせいで、その鋭く甲高い音はわずかに不規則な間隔をおいて繰り返され、そのわずかな変動は予測不能で、中国の水責めのように苦痛だ。

娘の沈黙が男には我慢ならず、いま彼は異常なまでに目を燃えあがらせて進み出ると、妻の前で足を止める。彼女が相変わらずなにもいわず顔も上げないので、男は妻の肩をつかんで荒っぽく前後に揺さぶって、無理やり自分に注意を向けさせる。

「おれの話を聞いてるのか?」――いまでさえ彼には確信がない――「あのつまらん青二才にふたたびこの家の敷居をまたがせることはないからな――二度とだ! わかったか?」

ここまでしても、娘が口を開くことはない。そして一分ほどして男が手を離すと、彼女はすぐに両手に顔を埋めた先ほどの体勢に戻る。唯一の違いは、夫に手荒に扱われたせいでまとまりのない髪がますます乱れ、いまでは両手と手首にかかって、うなじがむき出しになっていることだ。よりたくさんの淡く輝く髪のかたまりが扇風機の風にさらされて、ほつれ毛が触手のように別々の方向に突き出し、表面に飛び出したたくさんの髪の毛が、絶えずおたがいのなかを縫うように進んでいく。それが彼女のうなだれた頭のまわりで思いがけない震えや小さな渦を起こし、ランプのまわりを絶え間なくぐるぐるまわる虫に似た、靄がかかったような効果をもたらしている。

黒い憤怒に駆られた男は顔をしかめ、唇が一本の線になるまでぎゅっと引き結びながら、痙攣したように拳を握ったり開いたりする。彼女がわざとからかっているのだと確信した男は、その沈黙を自分の生来の優越性に対する挑戦と受け取り、我慢できなくなる。このもどかしさにも耐えられない——どうして彼女に口をきかせることができないのだろう？

その場に立って妻を見下ろし、困惑していると、怒り狂った高圧的な表情にかすかな疑いの色がとてもゆっくりと広がっていく。次にどうすればいいのか、彼には見当もつかない。

すでに頭のなかではキニーネがブンブン鳴っていて、それが扇風機のきしみと混じりあってひどい不協和音となり、憤怒といらいらが耐え難いところまで達する。彼がにらみつけているかすかにそよぐ髪は、靄のなかに溶けこむようで……それを透かして見えるのは彼女のうなじだけだ。そのうなじは青白く、かすかに光る小さな玉の汗をいたるところに散らして、刑の執行を待ついけにえの首のように男の前に差しのべられ……

そのような暴力的で極めて危険な逆上した精神状態に襲われた男は、そのことに衝撃を受け、やみくもに背を向けると急いで部屋を出る。

十三

スエードブーツの一件は終わったとたんに、いっさいなかったことのようになっている。まるでそんな人物は存在もしなかったといわんばかりで、それというのも彼がもう家のそばを通らず、ずいぶんよけいな時間を食うにちがいない遠回りの道を選んでいるからだ。

ドッグヘッドは充分に彼を脅かしていた。支配できそうにないのは自分の妻だ。彼女はけっして悪かったとさえいわない——謝罪の言葉をひと言も口にしない。本格的な情事を疑っているわけではないが、自分が人々に笑われているところを想像すると頭に血がのぼる。妻にこんなふうに恥をかかされるとは、とんでもないことだ。どうにかして、とにかく仕返しをしなくてはおさまらない。

表向き、この件は片がついたことになっている。男はそれ以上、口にはしない。

なにもかもが以前のように続いている。しかしうわべは以前と同じでも、その下では彼は変化しつつあるようだ。いまではいつもどこか妙な、気が触れているといってもいいほどのいわくいいがたい雰囲気を漂わせている。妻に対する狂ったように激しい怒りに取りつかれ、それが日に日に強まっている。家の内と外で、環境も変化しつつある。日に日に暑さが我慢できないほどひどくなり、表には出ないぴりぴりと張りつめた不気味な雰囲気が……異様な興奮を高め……夢を見ているように、それがいつのまにか悪夢となって……

男は妻のすべてが神経に障って一緒にいたくないのだが、ひとりにしておくわけにはいかない。一緒に乗馬かテニスをしようと誘うと、いつも拒まれる。妻があてもなくぼんやりと歩きまわったり、本に鼻をつっこんで何時間も座っているのを見ると、彼は言葉では表せないほどいらいらする。無精すぎて健康的な運動はできないというのなら、どうしてせめてほかの女たちとおしゃべりをしないのか、と彼は尋ねる。

そんな質問に返事をするのは愚かだとわかっているが、娘の神経は全面的な緊張状態に免疫がなく、こう答えることになる。「なんの話をしろっていうの？　なんでもわたしの興味のあること、本やお芝居の話をしたら、気取ってるって思われるんだから――あの人たちは知的な会話を理解してないのよ」

その言葉がもたらす反応はこうだ。「おまえも、おまえの知的な会話もくそくらえだ！」男は燃えるような憤りの目で妻を見る。頭がいいと思われているだけで、よくもお高くとまれたものだな。男の瞳のなかの青い炎はほんとうに少し狂気じみていて、その尊大な顔に娘は怯え、可能なかぎり夫を避ける。

男が仕事の都合で定期的に一日か二日家を空けることは、息抜きになるはずだ。だがそういうときには、絶対的な孤独が大変な重荷のように娘の上に落ちてくる。家は静かで、暑さと空虚さ、それにひとりぼっちで食事をとる彼女をよそよそしく黒い目で見守る使用人たちの敵意で満ちている。食事をトレイにのせて、どこかよそで食べることさえできれば！　だがもちろんそんなことは考えるべきではない。家内の日課は継続されなくてはならないのだ。なにもかもが娘の幸福を願っていない人たちによって、あらかじめ決められている。どうして彼らは、そろって彼女に敵対するのだろう？「そのうちここでの暮らしが好きになるわよ」と、よくいっていた女たちのことを思い出す。その声には、娘が好きになることはないだろうとよくわかっていて、その事実に内心ほくそ笑んでいるのが表れていた。

それにしても、あれだけのチャバラカッコウやオウム、ハゲワシ、蛇、サソリ、大きくて色鮮やかな蜘蛛、三十分で藪を丸ごとひとつ食いつくしてしまうアリに囲まれたこの土地で、いったい彼女はなにをしているのだろう？　それはまったく彼女の人生のようには思えない。永遠には続かないとわかっているから悪夢ではないというだけで――その認識があるから、なんとかやっていけるのだ――むしろ夢のような感じだ。

その一方で、日々は果てしないように思える。毎日が、暑さと近づきつつある雨期がもたらす張りつめた感覚によって破裂に向かってふくらむ、風船のようだ。積み重なる大きな雲の下でぴりぴりした緊張感が増す――いつも翌朝には消えている――一方で、大地は無風の中途半端な状態に置かれて暑さにうだっている。あまりに暑すぎて、ものを考えることすらできない。娘は待つことに時間を費やしているようだ――夜がくるのを、あるいは単純に次の一分がくるのを。

娘は這うように階段をのぼって首筋と額にオーデコロンを少しつけ、そのあとポーチの平たい屋根の上にさまよい出る。雲の下の不自然な薄明かりのなかで、ここはいままでよりも暑いような気がする。そのように巨大でどっしりした不穏な雰囲気の、黒くて下腹が黄色い雲を、彼女は一度も見たことがない。その雲は煮えたぎる世界に覆いかぶさる鉄の屋根を形づくっている。それらが落とす影は奇妙な燃えるように熱い静寂をもたらし、そのなかでぎょっとするほどの銅鑼の音が一度響きわたる。そして突然、悪魔の竈から吹く突風を思わせる一陣の強烈な熱風が吹きつけ、もう少しで彼女の足をすくいそうになり、その上に埃とタマリンドの木の小さく乾いてしなびた葉を降らせる。

娘の目には埃が入ったままで、白いターバンを巻いた若者が後ろに現れたときには気を取り直す暇もない。「奥さん、すぐなかに入って」彼は非難がましく命じる。彼女に対するその態度は、上役を手本にしたものだ。

娘がなかに入ると、若者はただちに鎧戸を閉め、それから家じゅうをまわって抗議するような騒々しい音を立てながら、バタンバタンと閉めていく。それからようやく裸足でそっと立ち去り、娘をキーキーうるさい扇風機の下でひとり寂しく暑さにうだらせておく。世界の終わりを思わせる、煮え立つ暗がりのなかに。

読書をするには暗すぎるので明かりをつけると、電球の熱がまともに顔を打つ。そこで娘はふたたび明かりを消してサンダルを脱ぎ捨て、なにもせずに座ったまま、ただ暑さと不快さに身をまかせて時が過ぎるのを待つ。やがて誰かがやってくる音がして、彼女はそのぼうっとした状態から目を覚まし、本能的に脱ぎ捨てたサンダルを足で探してまた履きなおす。

入ってきたのはミスター・ドッグヘッドで、顔には汗が流れているが、そのほかの点では暑さの影響は受けていない。彼がそんなものに気づくようなことはないだろう。一瞬、悪夢のような環境を忘れ、娘は不毛で果てしない何事もなく続く時間に区切りをつけてくれるものとして、彼がやってきたことをほんとうに歓迎する。彼女は微笑み、「お帰りなさい」という。夫の後ろから部屋に流れこみ、その輪郭を浮かびあがらせている日の光に目を瞬きながら。どうして彼はあんなに暑さに強いのだろう？――人間とは思えない。彼の頑丈で角張った骨格は、金属か、それともなにか気温の影響を受けにくい物質でできているのかもしれない。

「暗いなかで座ってるのか？」夫は微笑むことも彼女の挨拶に応えることもせずに、

さっきの使用人と同じ非難がましい口調でいう。夫の検閲官のような口調を聞き、相手が疑いの目を向けているのに気づく前でさえ、彼に話しかけようとしてもかいがないことを、娘は絶望的な気分で思い出す。そしてそれ以上はなにもいわない。

会うのは何日ぶりかなので、男はふだんより注意深く妻を見て、以前よりもさらに色が白くなり痩せていることに気づく。彼を悩ませるためにそうしているような気がして、男はぴしゃりという。「どうしたんだ？　具合でも悪いのか？」

光がまぶしくて男の顔ははっきり見えないが、その必要はなく、特有の居丈高な口調は残念ながら聞き慣れたものだ――まさか、もうけんかをはじめようというのでなければいいのだが。わざわざこのひどい暑さのなかでけんかをするのは耐えられないと思い、娘は天気のせいで頭痛がするのだと静かにいう。

「本の読みすぎで目が疲れてるんだ」男は鋭く言い返し、それからこういう。「なんだっておまえは、ほかのみんなのように気候に慣れることができないんだ？」妻がこの順応に失敗していることも、彼を怒らせるための腹立たしい計略のように思える。だが彼女から返事がなくても、新しいアイデアに取りつかれた男は放っておく。妻の具合がよくなさそうなのを見て思いついたそのアイデアは、ゆっくりと彼の頭のなかで形をとっていく。

まだ見つめている夫の視線を意識した娘が、風でくしゃくしゃになった髪を整えていなかったことを思い出して両手でなでつけると、それが彼の目をとらえる。男はつやつやして元気な髪に目をやる。そこには彼女の生命力がすべて集中しているようで、最近では髪を切らせる元気さえないため、いまでは肩にかかるほどのびている。不意に男は、自分の両手が無意識にひくひく動いているのに気づく——その髪をなでたいと思うのは、彼女にのぼせあがっていた時期以来はじめてだ。その視線に所有者然とした強い独占欲をにじませ、男は急に一歩前に出ると妻の肩に手を置く。

髪のことばかり考えていた娘は、これにすっかり不意を突かれる。かたくて重い大きな手が警察官のそれのように肩に下りてきて、ぎゅっとつかまれるのを感じ、彼女は跳び上がる。

「わたしが留守のあいだ、なにかあったか?」そう尋ねた男の口調は、今度はさっきまでとは違い、妙にこびたわざとらしいものだ。ほんとうは知りたいわけでも返事を期待しているわけでもなかったから、なにかほかのことをいってもよかったのかもしれない。その問いかけには前置きの性質があり、どこか型どおりで、夫の体に引き寄せられるにつれて、彼女は寝室がもたらす恐怖とともにそれに気づく。

娘は触れあったふたりの体のあいだで耐えがたいほどの熱が発生し、炎のように燃えあがるのを感じて純粋に衝動に駆られ、落ち着いて考えることなく、身をよじって夫の手を振りほどこうとする。とたんに彼の青い目に残忍な炎が表れ、顔が強ばり、愛撫しようとしていた髪をわしづかみにして根こそぎ引き抜こうとでもするかのように両手を握りしめる。だが男はなにもいわずに妻に背を向け、部屋から足早に立ち去る。

夕食の席で顔を合わせるまで、娘がふたたび夫の姿を見ることはなく、そのとき彼はほとんどひと言もしゃべらない。妻を懲らしめるため、男は食事が終わるとすぐにラケットを取ってきて、ネズミ狩りをはじめる。無理に一緒にやらせることはできないが、彼は妻を強制的に部屋にとどまらせる。だが彼女が目をぎゅっとつぶって見ようとしないので、ふたたびいらだちをおぼえる。

男は妻をラケットでぶん殴りたい気分だが、それを唯一思いとどまらせているのは、突如として思いついた、彼女に跡取り息子を生ませてやるという決心だ。それが彼と結婚するという名誉と引き換えに彼女にできる、せめてものことだ。そのうえ、そうすれば妻の高慢の鼻をへし折って、どちらが主人か示すことになるだろう。

そんなことを考えてひとりにやにやしながら、男は独特の楽しげな様子でネズミを叩きつづける。

十四

ある晩なんの前触れもなく、夕食が供されている最中に照明が消えはじめる。すっかり消えてしまうわけではないが、いつそうなってもおかしくない雰囲気だ。そのあいだちかちかと集中力を奪う絶え間ない点滅が続いて、ものをゆがめる幻覚のような効果をもたらし、なにもかもが不安定で非現実的に見える。

娘が不安そうに夫に目をやりながら、どうしたのかと尋ねる。少しでもこの手の事故が起こると、たいてい彼は声の届く範囲にいる全員に悪態をつきののしりはじめる。だが驚いたことに、いまは落ち着いた様子を崩さず「暑い季節の終わりはいつもこんなふうだ」というだけで、娘には理解できない油圧がどうこうという話をつけ加える。

奇妙なすばやい揺らぎのせいで、すでに娘は不愉快なほど頭の痛みを意識している。

またその揺らぎは心をかき乱すありえないような効果をもたらし、たとえるなら日中の揺らめく陽炎が夜の室内に侵入してきたかのようだ。彼女が気づかなかったのは間違いなくそのせいだが、執事がメインの皿を手渡したあとで野菜の皿を差し出したのは、彼のいつもの助手ではなく白いターバンの若者だ。

テーブルの上座に着いている男もこの変則的な給仕にはいっさい気づいていない様子で、自分でたっぷりよそっている。彼は自分の皿から目を離さず、いつもどおりの食欲で食べている。あらかじめ次にほおばるひと口のことを考えながら料理を口に入れるという手順を毎回繰り返し、それを最後のひと口を咀嚼して、少し犬を思わせるほど念入りにひとかけ残らず几帳面に食べ尽くすまで続けるのだ。彼が同じように徹底しておかわりした分を平らげてしまい、執事が次のコースの用意で忙しくしているあいだに、あの若者はそっと裏のポーチに出ていく。そこではモハメド・ディルワザ・カーンが待っていて、つぶやくように短く問いかけ、それに対して若者はすばやくうなずくと、すぐに食堂に戻っていく。

あごひげを生やした上役のほうもすぐに、影のように静かにポーチを離れ、家を分割して階段やすべての廊下に続いている中央の廊下に足を踏み入れる。そして食堂から――その扉の下からは、主人の脚だけがのぞいている――ちらちらこぼれる明かりのなかを横切って、注意を引くことも音を立てることもなく上の階に上がっていく。モハメドは急いでいない。もし見られても、たんに主人の部屋に夜の準備を整えにいくところで、これくらいの時間にはいつもやっていることだ。

しかし実際には、モハメドはまっすぐ娘の部屋に入っていく。彼がけっして入ってはいけないことになっている場所だ。この事実を考えれば、モハメドが部屋のなかにあるものや、その正確な位置を熟知しているのは驚くべきことで、なんと彼は明かりをつけず、階下の弱々しく揺らめくかすかな光だけを頼りに、娘がドレスをしまい、下の棚には靴を一列に並べている戸棚にまっすぐ向かう。

その禁じられた品々に触れたことで降りかかってくるであろうどんな災いも避けるべく、モハメドは迷信深い意味のある身振りをしてからしゃがみこむと、嫌悪感をあらわにして一足の靴をおそるおそる取り上げて振り、もとに戻してまた次の一足を取り上げる。暗闇に近いなかで忙しなく靴をいじっているあいだ、彼の節くれ立った指が正確になにをしているのかはよく見えない。だが彼の行動が正当なものでないのはたしかで、動きにこそこそしたところはないものの、その速さにだけは夕食が終わる前にこの作業を終えたいという思いが表れている。靴を一足一足順番に取り上げながら、モハメドはついに探していたものを見つけ、ある靴の爪先からとても小さく折りたたまれた便箋を引っ張り出す。それはあまりにたびたびいじられたために、もう少しでばらばらになりかけている。彼がそれを手にするのはこれが初めてではないが、今回はそれにかなりの興味を示し、もっと明るい中央の部屋へ持っていって階段のてっぺんに立ち、しげしげと吟味して、新しい角度から見ればその秘密が明らかになるかもしれないといわんばかりに、あちらこちらとひっくり返す。彼は少しのあいだ上下を逆さまにしてそれを調べてからポケットに滑りこませ、音もなく主人の部屋に入っていく。ちょうどそのとき階下で食事が終わったことを示す、椅子をずらす音がする。

モハメドがそこにとどまり、蚊帳を下ろして整え、毎晩やっているようにそのほかのちょっとした仕事をいくつか片づけたところで、ドッグヘッドがラケットを取りに入ってくる。モハメドは戸棚からそれをうやうやしく取り出してガットの埃を払い、古いタイプの締め具のネジを締め直す。その間、持ち主はシャツのなかに手を入れ、毛深い胸をかきながら立って待っている。なにも口にされず、視線も交わされない。自分の従者がたったいまなにをしていたかを主人が知っているのかどうかは、まったくわからない。その手紙を見せられ渡されても、主人は驚いた様子は見せないが、いずれにせよ彼が自分より低い立場にあるものの前でそんなところを見せるなど、ありそうにないことだ。

モハメドが母国語でかなり長々と述べると、主人はそれに対して流ちょうだが簡潔に応じ、それから相変わらずふだんと違うことはなにも起こっていないとでもいうかのように従者をさがらせる。明らかに東方の慣習や陰謀に長く接してきた経験から、配下のものとの共犯関係を認めることは求められておらず、いざとなれば相手がすべての責任を引き受ける心づもりでいるにちがいないことはわかっている。

配下のものにとっては、手紙が目の前で読まれないのはかえって幸いだ。というのもその中身は明らかに読み手を不快にし、ぶつぶついう悪態が手紙を受け取った相手よりも、むしろ彼に向けられているように感じられるからだ。甲に赤っぽい毛がまばらに生えているドッグヘッドの手は、くしゃくしゃに握りつぶそうとするかのようにもろい紙をしっかり握っているが、用心深さか、あるいは狡猾さゆえにそうするのをためらう。相変わらずそれを手にしたままで、彼は戸口に向かう。

男は長身で、首を少しのばせば中央のパネルの上から隣の部屋のなかが見えるほどだ。そこでは娘がいつものように鎧戸の下りた窓のそばに座っていて、その膝には一冊の本がのっている。読書をしているように見えるが、薄暗く不安定な照明は彼女からとても離れたところにあり、暗いなかで本を読む訓練をしていないかぎり、それは無理な話だ。

夫はしばしば顔をしかめて見守っている。それから心を決めかねて薄っぺらな便箋にちらっと目を移し、それを彼女に対して最も有効に使うにはどうすればいいかと考える。いまはそのときではないように思え、男はそれを自分の紙入れにしまう。

それからラケットを取り上げて、何度か力強くフォアハンドとバックハンドで素振りをしてから、妻を脅して一緒にネズミ狩りをさせようと部屋に入っていく。

十五

いまの気候は、暑すぎてほとんど生きていけないほどになっている。大地の焼けつく核が地表に達し、ほんの少し穴を掘れば荒れ狂う炎が表れるのではないかと思うほどだ。世界は一様に、火星の景色を思わせるオレンジがかった銅色を帯びつつある。午後がくるたびに巨大な雲が集まってゆっくりと世界に屋根をつくり、その下では興奮と緊張が蓄積されていく。毎朝、太陽は勝ち誇ったように挑戦するもののいない空っぽの空に飛びこむが、いつも正午までには真っ黒な雲や硫黄のような黄色い雲が戻ってきて頭上に容赦なく積み重なり、その一方で赤く暑い大地は、風ひとつなく日が陰って大気がぴりぴりと振動するなかで走る不気味な稲光に照らされて、巨大な大釜のように沸きたつ。

モンスーンが近づいてくる興奮を使用人たちは発散し、ふだんの衣服に変わったもの

——花やメダル、ねじってウサギの耳のように尖らせた絹のヘッドスカーフ——をつけ足して現れる。心ここにあらずといった様子で働く彼らは、ひょっとするとゾンビかもしれず、その注意はすべてひそかにどこかよそに、激しく熱のこもった関心事に向けられている。娘が受ける印象では、彼らはいつ何時姿を消して、どうしても心から離れない独自の神秘的な用事に取りかからないともかぎらない。

昼となく夜となく銅鑼が鳴り響く。ふだんよりたくさんの牛車が埃の雲のなか、花や小旗をはためかせながら道路を通り過ぎる。そして突然、気味の悪い裏声で歌がはじまり、あるいは思いがけず甲高い笛の音が響く。誰もが神経を張りつめて待っている。空の上のほうに、あたかも電気が目に見えるようになったかのように、独特の銅色の膜が垂れ下がる。

「雨はいつ降るの?」娘はうんざりした口調で尋ねつづける。そして夫からはいつも、同じ曖昧な答えが返ってくる。「もうじきだ」このところ彼はいつも、青いガラスのかけらのような目で妻を見張っているようだが、いまそこには新たに狡猾さがきらめき、不穏な秘密主義が宿っている。夫がなにか自分の嫌がることを秘密で計画しているような気がして、娘は落ち着かない気分になるが、それがなんなのかは想像がつかない。

ちらつく薄暗い明かりで無理に本を読もうとするせいで、娘は常に頭痛に悩まされている。だが照明が不安定なことにはひとつ、ネズミ狩りのゲームが邪魔されるというい点がある。今夜そのプレーヤーは二、三度空振りをしたあとであきらめ、大声で毒づきながらラケットを隅に投げつける。それからすぐに、車が発進して遠ざかる音が聞こえる。

いま娘は家にひとりきりだ。使用人は全員自分たちの住居に引き揚げており、別の星にいるのかもしれない。夜になっても暑さは少しもましになっていない。部屋の窓から外を眺めながら、娘は大きな雲が全速力で空を走っているのに驚く。だがこの下のほうでは、空気は死んだように動かない――それがもたらす印象はかなり薄気味悪いものだ。急いで流れる雲の下に、まだ妙な金属質の膜が見えるような気がする。一瞬、月が青白い不気味な顔をのぞかせたときは別だが、その顔はほぼ瞬時にまた飲みこまれてしまう。

娘は昼のあいだ履いていたサンダルを脱ぐ——あまりの暑さに靴を履くどころではなく、最近は目もくれていない。いずれにせよ、もしそれが乱れていても彼女が気づかねばならない理由はない。使用人たちはものを正しい場所に置くことに、しばしば無頓着だ。いくら彼女が本を上下逆さまに棚に置かないようにいい、天と地の見分け方を説明しても、彼らは相変わらず同じ間違いを続けている。

娘は服を脱ぎながら浴室に入り、シャワーをひねる。火傷をするほど熱い湯がしぶしぶといった様子で細々と流れ、それは次第に冷めて生ぬるくなる——量も少なくなっていく。水はどうしても冷たくならず、この生ぬるい飛沫を浴びてもよけいに暑くなるだけだ。シャワーのあとではいちばん薄いネグリジェを身につけるのにも耐えられないが、彼女は薄っぺらな服を肩にかけ、横になるには暑すぎてベッドの端に腰かける。

ここの扇風機もキーキー鳴るようになって娘を悩ませ、夢のなかにまで入りこんでくる。ずっと修理させようと思ってはいるが、いざとなるとその気力がない。どのみちこの暑さでは眠れないだろう。シャワーを浴びたばかりだというのに、すでに全身が燃えるように暑く、肩甲骨のあいだを汗が細い流れとなって伝い落ち、ネグリジェが不快に肩に張りつく。身をよじってそれを脱ぎながら、彼女はむき出しになった肌を扇風機になぶらせる。息苦しい暑さは火山によるものかと思うほどで、あたかも溶岩のかたまりが壁に押しつけられているかのようだ。頭が痛み、目が乾いて熱い。無理に本を読むことはできず、眠れないのはわかっている……ならばなにができるだろう？　目を閉じて指で眼球を押さえ、娘は弱々しく扇風機の下に座っている。実のところ夫のことを考えているわけではないが、彼が家にいないせいでなんとなくほっとしている。

もしかしたら少しのあいだ、うとうとしたのかもしれない――とにかく不意に夫が部屋のなかに、娘の目の前にいる。ぎょっとした彼女はネグリジェをひっつかんで体を覆う。車の音を聞き逃すなんて、どうしてそんなことができたのだろう？

「なんだってそんなに慎み深い格好をしてるんだ？」夫が悪意のこもったいやらしい目つきで見ながら、鼻で笑う。それで彼女には、夫がいつものように酔っ払っているのがわかる。どこか危険な感じで、いじめっ子のように見え、かすかに情緒不安定な雰囲気からは、ちょっとばかりヒステリーを起こしているように見える。

夕食のために穿いていた白いズボンはいまではくしゃくしゃで、シャツは腰まではだけられ、毛深い胸があらわになっている。彼はその赤みがかった毛皮の上から指の爪で胸をかきつつ、大きくて筋肉質の骨張った体を、止めることもよけることもできない機械のように動かしながら妻のほうに近づく。いまでは彼女のすぐそばまできていて、男くさい汗と、煙草とウイスキーが入り混じったすえたにおいがする。

「これはどういうことだ?」突然そう詰問すると、彼は妻の顔の前で便箋を見せびらかして、心底驚かせる。レターヘッドからすぐにそれがなにかに気づいた娘は、「わたしの手紙よ!」と叫びながらいきりたって手をのばす。

「いいや、だめだ!」夫はからかいながらそれをさっと引っこめ、将来使うためにしまいこむ。「するとおまえは、こっそりわたしを裏切る計画を立てているんだな?」その声は悪意に満ちたものになっている。脅すように妻を見下ろして立った彼の唇はかたく引き結ばれ、下あごの輪郭の上で筋肉がぴくぴく動き、青い傲慢な目がらんらんと輝いている。

「なにも計画なんかしてないわ」娘は裏切り《ラット》という言葉に対するぞっとするような嫌悪感に圧倒されてつぶやき、夫から後ずさる。

「そのほうが身のためだ!」突然乱暴に、男は薄っぺらなネグリジェをつかみ、荒々しくぐいと引っ張って一気に半分に裂くと、その切れ端を肩ごしに放り投げる。

「こっちにこい！」ついに妻を押し倒す決心をした彼はそう叫び、顔をゆがめ、凶暴なしかめつらを浮かべて、彼女の両腕をつかむ。娘は夫を押し返そうと死に物狂いでもがきながら、息を切らして抗議する。「ちょっと、やめてよ！　暑すぎるわ——出ていって！」

「どうしてわたしが出ていかなくてはならないんだ？　おまえはわたしの妻なんだぞ……」妻の抵抗に刺激されて、抑えていた激しい怒りと憤りが不意に高まって逆上し、男の目に青い殺意がひらめく。いまやその表情は傲慢と欲望と憤激の異常な混合物で、それが狂犬を思わせる危険で気の触れたなにかと混ざり合う。「おまえはわたしの望むとおりにするんだ！」彼は妻の体を勢いよく持ち上げて揺さぶりながら、狂暴にうなる。

娘はもがき、あらがい、身をよじるが、夫のほうがはるかに力が強く、勝ち目はない。ひどく逆上した男は、妻をベッドに投げ出して片腕で押さえこみつつ、反対の手ではぎ取るように服を脱ぐ。彼女はベルトのバックルが床に落ちる金属質の音を聞き、顔のすぐ上に夫の青い燃えるような目を見る。その目には常軌を逸した優越感と狂気じみた激しい欲望が満ちている。

それからかたくて重い体が丸ごとのしかかって娘を押しつぶし、突き出た骨が彼女の肉に食いこむ。こうなってはもはやもがくのは無理で、夫の体の重みで身動きがとれないので頭を動かすこともできず、その熱い口が彼女の口に張りつく。気分が悪くなった彼女は夫のウイスキー臭い息を吸うほかなく、嫌悪感に喘ぐことしかできない。娘はパニックに襲われ……窒息しかけ……息ができず……。夫の熱くて重い体は岩のようにかたい——じめじめして湿っぽい、毛むくじゃらの毛皮に覆われた岩だ。いわば噴火した火山から降ってきた火のついた岩のようなもので、それにすさまじい勢いで押しつぶされた彼女は……もう一秒も耐えられなくなり……死にそうで……無惨な殺人の犠牲者に……

「さあ、これでおまえも腰が落ち着くはずだ」男は弱いものいじめの満足感を漂わせてそういう。そしてべたべたする毛深い肌を妻から離して体を引きはがし、ベッドのかたわらに立つ。その全身からは、海から上がったばかりのように滴がしたたってい る。あごから、鼻や耳から、体を覆っているぐっしょり濡れて垂れ下がった毛の一本一本から、だらりと下げた拳から、しぼんだ性器から、汗が滴り落ちる。

悪夢のようなパニックに襲われた瞬間、娘はほんとうに頭がおかしくなってしまったような気がして、見慣れた夫の裸体を、忌まわしい幻——陸の女を犯したあとで勝ち誇って立っている、凶悪な人魚の一種——のように見上げている。明かりが点滅してすべてがゆがんで見えるせいで、その場の非現実的な雰囲気が増している。娘は相変わらず悪夢のなかの高圧的な人物として夫を見ながら、なんとか体を起こす。その腕には彼の指の痕がくっきりと赤く残っている。彼女は湿って顔や首筋に張りついたままになっている髪を、さっと振ってもとに戻す。だがいま、夫の意地の悪いほくそ笑むような表情と狂気じみたにやにや笑い（狂犬が歯をむいているのにそっくりだ）を見ていると、たったいま彼がいったことを思い出す。

「どういう意味なの？」最初は理解できずにぽかんとし、それから彼が仄めかしたことが徐々に飲みこめてきて愕然としながら、娘はまじまじと夫を見つめる。「それじゃあ……しなかったの……？」

男が少し気の触れたようなにやにや笑いを浮かべ、ぞっとしてうろたえている妻の様子を一瞬も余すことなく楽しみながらうなずくと、娘は跳ね起きて浴室に飛んでいく。「そんなことをしてもむだだ！」男が後ろから声をかける。「いまさらなにをしても遅いぞ！」

死に物狂いで水しぶきをあげながら、娘は夫の悪意のこもった笑い声と、それに続く怒鳴り声を聞く。「わたしのもとを去るだと？　思い知らせてやるからな！」それから扉のフラップがぴしゃりと音を立て、彼は出ていく。そんなはずはない、と娘は思っている……こんなことがほんとうに自分の身に起こっているなんて……きっと悪夢を見ているんだ……

夫がいってしまったいま、娘は自分の部屋を振り返る。この瞬間、目がくらむほどの稲妻の閃光が、枝分かれして空を引き裂きながら下に向かって走り、そのギラギラした輝きがどんな細かいところも余さず照らし出す。打ち砕かれたガラスのぎざぎざの破片がいくつか枠にくっついたままになっている、割れた鏡。乱れたベッドと途中まで引き裂かれた蚊帳が、大事故を起こした飛行船の残骸のように床にひだを引きずるほど垂れ下がっている様子。夫が脱ぎ散らかしたままの衣服のなかに落ちている、半分に引き裂かれた彼女のネグリジェ。

すさまじい雷鳴が家を揺さぶり、明滅していた照明が完全に消えて一部しか復旧しないため、娘は真っ暗に近いなかに取り残される。風が強くなって不意にガチャンという音がし、家の外ではなにかが狂ったようにバタンバタンと音を立てつづけ、タマリンドの木々が奇妙な激しい雑音を立てる。娘は戸惑いながらそれらの音のただなかに立ち、無意識に腕をさすっている。ちかちかする光はいまではあまりに弱々しく、すでに黒ずんだ打ち身になっている赤い指の痕は見えない。だがなにかの拍子にドレスと、そのかたわらに転がっているサンダルが照らし出され、彼女はそれを急いでかなり機械的に身につける。稲妻はいまではほとんど途切れることがない。風か雷の巨大で虚ろなすさまじい音が、木々が立てる荒々しく激しい雑音と一緒になって闇を満たす。

短い小康状態のなかでいきなり、思いがけずぎょっとするほど近くで、グラスが割れるパリンという音がして、娘は夫が別の部屋で酒を飲んでいることを思い出す。

少し震えはじめながら娘は戸口に向かい、そっとフラップを押し開いて部屋を出ると、音を立てないように閉じる。夫は真ん中の部屋ではなく、自分の寝室にいる。使用人の住居に面した裏の窓から、彼が従者に向かって叫ぶ声がする。それからもう一秒も待たずに、娘は階段を駆け下りる。ヒールのないサンダルは、むき出しの床でも音を立てない。どちらにせよ玄関の扉を開け閉めする音は、ごうごうと荒れ狂う嵐のなかでは聞き取れない。

たちまち娘は黒く沸きたつ渦のなかに吸い出される。引き裂き突進し鳴り響く騒々しい混乱のなかでは立ってもいられず、彼女は強風にあおられて為す術もなく吹き飛ばされていく。

燃え立つ白い光の筋が空を裂き、ぽつんと立った椰子の木が浮かびあがる。それは細くてとてもありえないような弧を描いてたわみ、そのてっぺんの葉が魔女の箒のように地面を掃いている。

十六

風と雷が荒れ狂うなかから這い出して、かすかな人影が難破船の乗組員のように裏のポーチに現れる。強風の猛威から守られたその場所で、モハメド・ディルワザ・カーンの後継者は足を止めて息をつき、白い上着とターバンを整えると家のなかに入っていく。タンブラーがひとつのっている小さな真鍮のトレイを両手で運びながら二階に上がっていくとき、彼はいつもほど落ち着き払っているようには見えない。動きはぎくしゃくしているし、ときおり目玉が裏返って、黒い瞳孔のかわりに白目が全体に現れる。そのうえ彼はカラーを留め忘れている。こうした心の動揺があらわれるのは、もしかしたら個人的に没頭していた趣味から引き離され、急いでこの予期せぬ使いに出されたせいかもしれないし、嵐を迷信的に恐れているせいかもしれない。

ショートパンツしか身につけていない主人のそばにグラスを置きながら、彼はカラーのボタンをいじりはじめる。だが主人は、彼にはちらとも目をくれず、たったいまテーブルから払い落として割ってしまったグラスの、粉々になったかけらを拾うよういいつける。

若者は黒い手を震わせながら、従順に身を屈める。掌のほうが色が白く、先に向かうにつれて細くなっている繊細な指をした片方の手で、割れたかけらを手探りし、それをもう片方の手にまだ持っているトレイにのせていく。破片は床一面に飛び散って、弱々しく不安定な灯りのもとでは簡単には見えず、若者の正確さを欠いた動きでは全部見つけるまでにしばらくかかる。

まだその作業に取り組みながら、若者は顔を上げずにいう。「奥さんが出ていきました」

その口調は「夕食の用意ができました」とか、それ以外のことを口にする際に使ったかもしれないものと、まったく変わらない。平板で抑揚のない一定した同じ調子でしゃべるので、彼が口にする言葉はどんな内容であろうと、すべて同じように聞こえる。そのうえ地元の使用人たちは、自分が仕える白人についていっさい理解しようとさえしない。

今回はそののっぺりした言葉の意味が相手に通じたかどうかは疑わしく、主人はたんに上役を寄こすようにいいつける。そして割れたガラスのかけらをすべてトレイに拾い集めてしまったいま、若者はすぐにそれを持って部屋を出る。

風が吹いても少しも涼しくならず、暑さが小康状態になることはない。その日の夜は、泡立ちながら蒸気を発する黒い窒息しそうなタンクだ。いま、泡立つ闇のなかから安全なポーチの上に、まず長くて痩せた脚が、続いてモハメドの残りの部分が現れる。彼の白いものが交じった薄いあごひげは風に吹かれて、首のまわりにおかしな具合に巻きついている――彼が取った最初の行動は、そのひげを指ですいて整えることだ。

さっきの若者が、彼に続いて暗闇のなかからよじのぼる。そしてこの順番でふたりは家のなかに入り、通り抜け、前を進むほうの引き締まった脛が薄暗い明かりを背景に巨大なハサミのように開いたり閉じたりする。彼はためらうことなくまっすぐ主人の部屋に入っていき、その目の前で足を止める。彼がそうすると、若いほうはちょうど扉を入ったところで立ち止まり、腕を両脇にだらりと垂らしてその場にとどまる。彼は年長の男の無口で受け身の添え物で、万一証言や確認が必要になった場合に備えて、一緒に連れてこられている。

「ぼうずが奥さんが出ていったといいます」モハメドの英語は正確さでは若いほうに及ばないが、より大きな声で自信を持って、白人の顔をまともに見ながら発せられる。その一方で若いほうが天井を見上げる。そこでは何匹かの小さなヤモリが雷に怯えてうろたえ、短い距離をあてもなく走ったかと思うと突然、体の後ろで尻尾を波打たせながらさっと脇へそれる。

「ぼうずが奥さんが出ていくのを見たといいます」返事がないので、モハメドがわずかに言い方を変えて繰り返す。その口調にはかなりじれた響きがあるが、ドッグヘッドはひどく酔っ払っていて気づかない。

ドッグヘッドはなんの興味も懸念も示さず、話を聞いていなかったのかもしれない。彼は縁ぎりぎりまでグラスを満たして持ち上げると、ウイスキーを飲みこむ必要はなく、まっすぐ胃に注ぎこめばいいのだといわんばかりに傾けて、中身を喉に流しこむ。それから空になったグラスを置いて、出まかせに二言三言口にし、英語で締めくくる。「あいつを追いかけて、おれのところに連れてこい」それと同時に手を上げてさがるよう合図すると、弱々しく揺らぐ明かりが手の甲の毛にあたって赤っぽく輝き、毛皮の裏地がついた手袋をはめているように見える。

モハメドはただちに向きを変え、若者を後ろに従えて部屋をあとにすると、長くて細い脚を独特のハサミを思わせる足取りで蜘蛛のようにすばやく音を立てずに動かしながら、階段を下りていく。

ふたたび裏のポーチに出て荒れ狂う闇に直面するまで、彼は部下になにもいわない。そこでは家から漏れるかすかなちらちらする光が、ぴんと張りつめて身もだえなびき、ひどく騒いでいる枝の隙間から、途切れ途切れに見える。

両者の感情は迫りつつある雨期——毎年訪れる彼らの暮らしの頂点——に深くかき乱されている。ふたりともそれから気を散らされて、腹を立てている。今回に限っては、モハメド・ディルワザ・カーンは主人に従うつもりはない。彼の競争相手である愚かで価値のない娘のあとを追いかけるつもりなど、みじんもない——もしほんとうに彼女が出ていったのなら、そのほうがずっといい。やっかい払いする手間が省けるというものだ。このことは明らかに、ふたりのあいだの暗黙の了解になっている。いまモハメドが自分にかわって探しにいくよう命じたとき、若者のほうも彼女を追いかけるつもりはない、という事実も同様だ。

あごひげを生やした男はすばやく階段を下りて、暗く雨風が吹き荒れるなかに足を踏み入れ、風に吹かれる案山子のようにその白い服を激しくはためかせながら、吹き飛ばされていく。若者が形だけでも命令に従うふりをしているかどうかをたしかめるために振り向くこともなく、ずんずんと進んですばやく消えていく。もうひとりもすぐに彼の後を追って闇のなかに足を踏み入れ、わが家のほうに進んでいく。

もし今夜これ以上騒ぎが起るようなことがあっても、それは彼らのどちらの耳にも届かないだろう。都合のいいことに、雷鳴より小さな物音はすべてかき消されている。

十七

これまででもっとも大きな雷鳴に家の腐りかけた建材が震動し、ヤモリの一匹が突然落とした尻尾が、もう少しでドッグヘッドの飲み物に入りそうになる。グラスのなかに落ちてはいないものの、その尻尾が狂ったようにのたうちまわり、やがてぴくりとしてテーブルから床に落ちる様子に、彼はいらだちをおぼえる。その尻尾を裸足の踵で踏みつぶしながら、厚かましいヤモリを懲らしめてやりたいと思っているが、どのヤモリがその持ち主なのかを見分けることさえできない。彼はもどかしく、侮辱された気分だ。そして深酒を邪魔されたいま、酒を飲むといつも身の内に高まる暴力的な衝動のはけ口を必要としている。

テニスのラケットを手にして隣の部屋に入ると、すぐにヤモリと同じくらい嵐にうろたえたネズミたちの姿がはっきり見て取れる。絶えずひらめく稲妻のせいで、弱々しく明滅する明かりによってもたらされるひずみが増すため、そのゲームは極めて危なっかしいものだ。そのさらなる偶然はすべて、ネズミたちに味方する。それと同様に、男には新鮮な興奮をもたらす。とはいえ彼らのすばやい動きについていくのは難しく、それまでに飲んだ大量のウイスキーのせいで、彼自身の動きはふだんより調和を欠き、判断力にも影響が出ているようだ。ラケットが届く範囲を過大評価して、最初のネズミのときには完全に空振りし、相手が垂木のなかに逃げこむのを見守る屈辱を味わう羽目になる。だが次に狙った獲物を強烈な一撃で片づけて、この失敗の埋め合わせをする。

ドッグヘッドが死骸を洋服簞笥の下に蹴りこんで、それが見えなくなるかならないかのうちに、新しいネズミが現れる。思わず目を疑うほどの巨大なネズミだ。それが物陰に消えると彼は、きっとものをゆがめて見せる不充分な光のせいで、そのように巨大に見えたにちがいないと思う。だがそんなことはなく、ネズミはふたたびそこに現れる。いまや彼には実にはっきりと見える——ごわごわした体毛はライオンのたてがみのようで、尻尾はサイ皮の鞭を思わせる、怪物じみた大きな獣が。これほど巨大なネズミを見たのは生まれて初めてだ。きっと創造されたすべてのネズミの父親にちがいない。

男は「ネズミの王」の伝説と、その怪物が雨期のはじめに邪悪なものの前に現れるといわれているのを、ぼんやりと思い出す。だが興奮のあまりすぐにその物語を忘れて、その生き物の後をそっとつけはじめる。ネズミは開けた場所に出てこようとはせず、家具から家具へとするする移動し、震える影と見分けるのは難しい。しかしやがて隅に追いつめられて、テーブルの下にうずくまる。それが出てきたときには自分が倒す運命にあるのが、男にはわかっている。「そこから出てこい！」彼は叫びながら、刑務所でつくられた血のような色のテーブルをこぶしで猛烈にガンガン叩く。ネズミは動くのを拒んで公然と反抗し、じっとしたままで、ときおり赤っぽい目がかすかに光るときにだけその存在が示される。

「じきに片づけてやるからな!」男は獰猛に叫ぶ。荒々しい興奮に取りつかれて異様な力が湧き、片手でテーブルを丸ごと振り上げる一方で、もう片方の手ではラケットを頭の上に高く掲げて振りまわし、それをすさまじい勢いで振り下ろしてとどめを刺す。獣は血も凍るような悲鳴とともに身をよじると、ひっくり返ってぴくりとも動かなくなる。

このたやすい勝利に、男はかなり失望する。この獣はもっといい戦いをするべきだった。死んでいるのか? 相手がまだ深い影のなかにいてほぼ隠れているため、彼は確信を持つことができず、たんにそれが動かないので死んだのだろうと決めてかかっている。男はそれを確認し、怪物を詳しく調べるために前に出る。

だが見てみる間もなく、彼の後ろでなにかが動く——振り返ると、ふつうの大きさのネズミが一匹、丸見えの状態で、我が物顔に落ち着き払って床を横切っている。

そのような前代未聞の生意気なふるまいに、男はたちまちもう一匹のことを忘れ、相手が身を隠す前に一発で仕留めてやろうと、この新顔を追いかける。だがちらちらする明かりのせいか、あるいは彼自身の不完全な判断力のせいでまたもや狙いを誤り、その獣にかわされてしまう。いまではもちろん、相手は大いに油断なく警戒していて、悪魔かと思うほどのずるがしこさを発揮している。常に手の届かないところに位置し、隠れ場所を出て別の場所に突進するときはいつも、彼の手には負えないほどすばやい。まさにそれは男を相手に遊んでいるかのようで、彼をむだに消耗させる一方で自らは体力を温存し、そうしたすばやい動きをするのは攻撃を避けるために絶対に必要なときだけだ。

最初のうち、男は知っているかぎりの口汚い言葉で悪態をつくが、次第に静かになり、息を節約するようになる。彼は息切れし、汗をだらだら流している。すでに何時間も戦いつづけているような気分だ。たびたび、まさに致命的な一撃を食らわす寸前までいくが、毎回なにかに手元を狂わされる——そしてその悪魔のようなネズミは、相変わらず実物大の姿で彼を待っている。

男の興奮は次第に冷めていく。その攻撃はよりでたらめになり、見当違いのところに振り下ろされる。一度か二度よろめいて、もはや足もとは完全にたしかとはいえない。自分では認めようとしないが、男は疲れ、いまいましいネズミにうんざりし、そいつが地獄に立ち去ってくれることを願っている。わざと相手に機会を与えながら、男は動きを止めて顔をぬぐう。だが安全な垂木の陰を目指して壁を駆け上がるかわりに、その魔性の生き物はここかしことといたるところに突進して彼をからかいつづけ、常に身をかわす。男の攻撃は、その獣に一度もかすりさえしていない。

突然、それがテーブルの下に消え、暗がりに飲みこまれる。だが照明の揺らぎを反射して邪悪にきらめく目が、その居場所を示す。男はぜいぜい喘いでいるが、勝ち誇った顔で、相手が動くのを待つ。ついにそのネズミは先ほどのネズミと同じ過ちを犯し、出てきたとたんに同じ最期を迎えるだろう。彼は相手の運命を早めるためにこの小休止を喜んで受け入れる。にもせず、最後の試みに備えて残った力をかき集めるために、この小休止を喜んで受け入れる。

獣がその隅から滑り出しかけた瞬間、男は獰猛な叫び声をあげながら全力で突進する。

「つかまえたぞ!」

だがほんとうに仕留めたのか、あるいは叩いたのかさえまったくわからないのは、それと同時に派手につまずいてバランスを崩し、腕をばたばたさせているからだ。男はわが身を守ることができずに頭から突っこみ、床に手足を投げ出して、さっきつまずいたものの上にうつぶせに倒れこむ。酔っ払っている彼は、転倒の激しさに少し呆然としているにちがいない。それというのもすぐには起き上がらず、自分がなんの上に倒れたのかもわからないからだ。

言葉では言い表せない不可解な動きを感じ、男ははっとする。針金のようにきめの粗い毛が、胸や首、あごを引っかいている。不意に恐怖に襲われ、あの化け物ネズミにつまずいて、その上に倒れこんでいるにちがいないと気づく。この瞬間まですっかり忘れていた、あのネズミの上に。そしてその獣は動いている……息を吹き返しかけている……。その冷たく鋭い爪が男の胸をひっかき、毛皮のような体毛と絡まったとき、彼は死に物狂いでそれをつかまえようともがく――どういうわけか、それを放り出すことができない。手に力が入らず、その体をしっかりつかむことができない……

まさに悪夢のなかのように、男はネズミの歯が自分の喉に食いこむのを感じる。まともに見ることはできないが、その重くてぐったりした生気のないものが、歯と爪で彼の体の前にしがみついている……むなしくそれを叩いているあいだ、男の青い目は狂乱状態で部屋じゅうをねめまわしている――助けを求めて叫ぶが、誰も答えない……

もっとしっかりつかむためには、起き上がらなくてはならない。だが体力は尽きかけていて、とてつもない努力をしても、のろのろと膝立ちになるのがせいぜいだ。胸一面に血が流れ、汗の川と混じりあう。

最後に一度ちらついたあと、明かりが消える。のしかかるようにぼんやり現れたなにか巨大で黒い物体だけを見ながら、男はそれにしっかりつかまって体を引き起こそうとする。その衣装箪笥は、彼が立ち上がる前にぐらぐらと揺れはじめる。血でねばねばした男の指がべとつく表面に張りつき、自分の上にそれを引き倒す。巨大な棺のように、それはすさまじい音を立てて倒れ、その下の息が詰まるような暗闇に男を閉じこめる——彼が餌食を処分するゴミ箱のなかに。

あたかも空の底が抜けたかのように、とどろきわたる雷鳴とともに雨が降ってくる。おびただしい量の水は屋根を激しく叩き、外の暗闇のなかを自由に転がりまわる巨大な雷の車輪の重々しい轟音に、絶え間ないとどろきの連打をつけ加える。

それより小さな物音はすべて、この騒々しい音の棍棒による休みない攻撃のなかで完全にかき消される。

十八

とても早い時間で、まだ夜は明けていない。東のほうでは鉛色の雲が分かれて、ゆっくりと明るくなりつつある空の一部が現れる。じきにその雲は戦いのなかでまたひとつになり、ぶつかりあったり雷鳴をとどろかせたりしながら、自分たちの血液のような雨で世界を水浸しにするだろう。だが最初は、この平穏なひととき、うつろいやすいひんやりとした瞬間、夜にも昼にも属さない中休みがある。

空の紫青色がゆっくりと明るくなり、混じりけのない目に染みる青緑色になる。日の出前のこの時間にだけ、それもほんの数秒間だけ見られる色合いだ。光が夜の影に染みこみながら、ごくゆっくりと強まっていく。

使用人たちは雨期の到来に興奮したあと、自分たちの住居でまだ眠っている。家はまるで無人のように、静かに立っている。開いた鎧戸から暗い穴のような部屋が見えるだけだ。昨夜の水浴びが、その潜在的な荒廃を強調している。手入れされていない外観がいっそう目立ち、壁のひび割れや木造部の裂け目が目につく。目に見えていないのはシロアリに浸食され蝕まれた、より深刻な隠れた損傷で、そのためにどういうわけかいろんなものが大きな音を立てて落ちてくる。

正面に一本だけぽつんと立っている椰子の木は打ちのめされたようで、ぐっしょり濡れてみすぼらしく、そのまわりにはでこぼこの地面のくぼみに残った雨水が水たまりをつくっている。沼は夜のあいだに手品のように色が変わり、鮮やかな青い花で覆われている。新しい緑色の若芽がずぶ濡れになったばかりの大地のいたるところに穴を開けているのが、ほとんど目に見えそうなほどで、その大地から靄がゆっくりと立ちのぼり、地面のすぐ上に長く尾を引いて垂れこめている。黄色いローブをまとった托鉢僧の音もない行列が、白い湯気にくるぶしまで覆われて、ぼんやりと夢のようにはかなく通り過ぎる。

森の木々に囲まれ雨風から守られた奥まったところから、あの大きな蛇がゆっくりと明るいほうに移動し、無造作に淡い色の体で輪をつくって左右に揺れている。嵐の砲撃から生きのびたあの小さなオウムたちは、物憂げに翼を広げて目を覚ましかけているところで、ほんとうにたくさんのひとつかみほどのきらきら輝く羽毛が、命というもろい糸でかろうじてまとまっているように見える。

あなたは誰？　あなたは誰？　あなたは誰？　チャバラカッコウの耳障りな鳴き声は、いつも最初にはっきり聞こえる音だが、その鳴き声の主はまばらな木の葉や入り組んだタマリンドの枝の編み目のなかに、もったいぶって身を隠したままだ。彼らの果てしなく答えのない問いは一日じゅう続くだろうし、腹立たしく避けようのない背景音は一秒一秒あらゆる状況と混ざりあい、不意に暗闇のとばりが落ちるまで、しゃべり、考え、行動するという、人間が織りなす生地全体に織りこまれるだろう。

あなたは誰？　あなたは誰？　あなたは誰？　同じ大きなしつこい鳴き声が鳥から

鳥へと伝わって、それとそっくりだがより遠くから、ひと続きの連続した鳴き声が聞こえてくる。家の近辺からだけでなく、もっとずっと遠くから、道の反対側から、その向こうに無秩序に広がる土地から、何千羽という同じ種が集まっているにちがいない遠くのジャングルからさえも。その絶え間ない鳴き声のなかにはほかのものより大きく、あるいはより尾を引くものもあるが、そのどれにも誰にも止められない機械的な騒音という、共通のひどく神経に障るそっくりなところがある。彼らは飢えも愛も恐怖も、ほかのどんなものも表さないが、誰であれそれを聞くものを狂わせるというただひとつの目的のために声を発しているように思われる。

タマリンドの梢が突然炎のように燃えあがる。太陽が顔を出し、屋根のいちばんてっぺんを滑るように動いていく。たちまちあらゆる種類の無数の虫たちが立てる甲高く絶え間ない騒音が大気にあふれ、すぐに前からずっと続いていたような気がするほどになる。

数えきれない鳥たちも一気にキーキー、ピーピー、ホーホー、カタカタと鳴いて、もつれを解くのは不可能だ。あちこちすばやく飛びまわりながら、小さなオウムたちが複雑なエメラルド色の図形を宙に描き、その細く鋭い金切り声は全体の大騒ぎにかき消され、静粛を命じられる。

この無秩序な騒音のなかでもチャバラカッコウの鳴き声だけははっきりと聞こえ、神経に障り、まぎれもなく明瞭で、その大きく抑揚のない声の繰り返しで、機械仕掛けの拷問道具のように激しく耳に襲いかかる。

彼らはぼんやりしたいらいらのもとを脳に植えつけ、誰も返事をすることとさえない一本調子の問いを永遠に叫んでいる。四方八方から、遠くから近くから……同種の別の鳥たちが、頭にくるほどそのまま繰り返し……そのほかのものたちは相変わらず……正気を失った聞き手をせん妄状態に追いこんで……やがて究極の悪夢は絶頂を迎え——そのとき突然、なにもかもが止まる……

十九

スエードブーツがいつものように機嫌よく、にこにこ笑いながら、気軽にお茶に立ち寄る。すぐに娘はより幸せでくつろいだ気分になる。彼に感化されて、娘は以前よりずっと落ち着いている。

だが夫のことではまだぴりぴりしている。いまでは彼は快復し、ほとんどの時間をオフィスでの仕事に費やしている。毎日の訪問についてはひと言もいわず、そのことが彼女には不吉で不気味に感じられる。スエードブーツがいうとおり、黙っているのは異存がないしるしだとは、信じられない。

夫が異議を唱えるようなことはなにもないのだが。ふたりの関係は完璧に無邪気なものだ。誰に会話を聞かれようと、それが個人的なものであってもかまわない。彼らの親密さは子どもっぽいといってもいい楽しみの域にとどまり、それを超えて発展してはいない。その楽しみとは、一緒に過ごし、微笑みを交わし、くだらない話をし、あるいは大まじめに人生について語りあうことだ。

「あなたに出会う前はよく、悪夢のなかにいるみたいな気がしたものだわ」娘は若者にいう。「そして、そこからはけっして抜け出せないって」だが、もはや彼女はその感覚を少しもはっきり覚えておらず、本に出てくる少女の気持ちを言葉にしているのかもしれない。

ときに娘は現在置かれている状況の不確かさに落ち着かなくなり、自分の新しい幸せが不意に消えてしまうかもしれないと不安になる。しかしそのことを認めたり、それについて考えたりしようとはしない。とはいえその気持ちは、ふたりのあいだではすべてのことを、ずっとそうであったようにまったく同じにしておきたいという彼女の迷信的な望みのなかに表れる——どのような変化が忍びこんでくることにも、彼女は耐えられない。

若者はほんとうに彼女のことが好きで、その幸福を願っており、彼女に不似合いな結婚は終わらせなくてはならないと、心に決めている。そうなれば彼女は、ずっとそうしたがっているように大学に入ることができるだろう。ふたりの関係がゆくゆくはより近しくなるはずのものなのかどうかについては、それほどはっきりした考えがあるわけではない。だが若者は一歩踏み出して、自分の家族に彼女のことを書き送っている。娘には向こうに誰も面倒を見てくれるものがいないので、彼らのもとに滞在できるようにするためだ。

この話を聞いて、娘は感動する――感謝の念に圧倒される。人生にこれほどの優しさが存在するとは、まったく知らなかった。相手の熱意にわれを忘れ、彼女は自分の将来について熱心に彼と語りあう。ふたりはありとあらゆる種類の様々な計画を立てる。どれも新鮮で、望ましい結果につながるものだ。可能性は無限に思え、どれも前のものより輝いている。娘がかなり興奮しているかぎりは。ひょっとすると興奮のあまり、少しわれを忘れているのかもしれない。

だが興奮が冷めたとたん、計画全体が非現実的なものに思えてくる。そんなことが実現するとは、娘にはまったく信じられない。彼女の場合、物事はそんなふうには運ばない――いつもうまくいかないのだ。

「そんなのはあなたがわたしを登場人物にしてつくりあげた、ただのおとぎ話だわ――現実になるはずがないもの」このように娘は、一緒に練り上げてきた計画をすべてひっくり返してしまう。彼女のために幸せな未来をでっちあげてもむだだ。これまでずっとついていなかったし、これからもずっとそうだろうから。

その後、沈黙がおりる。若者はがっかりするが、あきらめようとはせず、いまは彼女を説得してもっと楽天的なものの見方をさせるにはどうすればいいかを考えている。娘がふたりの最初の出会いをふたたび一から生きなおしたいといっているので、若者はあのときなにを話したか覚えているかと尋ねる。「もしぼくがちょうどあの日に蛇を殺さず、きみがたまたまぼくを見かけなかったら、すべてはまったく違っていただろうって話したね」娘が興味を示して自分を見ているのに勇気づけられ、彼は先を続ける。「いまぼくは、きみと一緒にここにはいなかっただろう。これは現実になっていなくて——なにか違ったふうになっていたはずだ。きみはいまの自分じゃなくて、別の自分だったただろう。置かれた情況によって変化するなら、きみが定められた運命に縛られるはずはないし、きみの運命だって変わるにちがいない。すべては状況次第——あるときたまたまそうだった、『きみ』次第なんだよ……」

まさにそのとき、一羽のチャバラカッコウが自分も話に加わりたがっているかのように割って入り、家のすぐ外で「あなたは誰？」と叫びはじめる。その声があまりに大きいので、どんな人間の声もそれには太刀打ちできない。若者はそれが鳴き止むのを待つしかない。ふたりはおたがいに微笑みながら為す術もなく座っていて、そのあいだに数キロ四方にいるすべてのチャバラカッコウが、一本調子の永遠に続く問いかけに加わる。娘は彼がいっていることについて考えることさえできない――筋が通っているように聞こえたが、その議論にはどこかに欠陥があると、ぼんやり思っている。しかしこの騒ぎが続いていては、それをつきとめるのは無理だ――鳥たちがこれほどやかましく騒ぐのは、聞いたことがない。

大声で単調にしつこく繰り返される叫びは、あらゆる距離や方向から聞こえてきて、部屋を、家を、午後全体を、その腹立たしい音で満たす。それはふつうの鳥らしい感情を少しも表さず、人々の気を狂わせることだけを狙っているようだ。誰にも止められない狂った機械のように、鳥たちは鳴きつづける。その耳を聾する合唱に神経を散々攻撃されて、娘はなかばぼうっとする。

その新しい機械的な物音に気づくのが相手より遅くなったのは――彼のほうは何秒か前に気づいている――明らかにそのせいだ。若者の顔から微笑みが消えるのを見て、娘は初めてそれに気づく。いま彼女は鳥たちの騒がしい鳴き声の向こうに聞こえる低い連続したブーン、あるいはブンブンという音を耳をそばだてて追いかけ、それが不意にやんだときにはかろうじて車の音だとわかっている。

それとともに、ほかのあらゆるものがやんだようだ。鳥の鳴き声が不意にやむ。それに続く静寂のなかを、大きくて重い、機械のように規則的な足音が近づいてくる。扉のフラップがぱっと開き、ミスター・ドッグヘッドが入ってくる。口はきかないが、憤りと軽蔑と勝利の喜びが興味深く入り混じった表情を尊大な顔に浮かべている。彼は妻を現行犯でつかまえたことに大喜びだ——なんの現行犯かは考えようともせず、これでほんとうになにか彼女を責めるための材料が手に入ったと自分に言い聞かせる。しかしさしあたっては、戸惑いながら立ち上がって手を差し出している訪問者に、攻撃的な視線を集中する。

ドッグヘッドはびっくりするほどの侮辱を込めて、傲慢に相手を見下ろす。「おいおい！　まさかこのくずは、わたしが手を触れると期待しているんじゃないだろうな」

とでもいいたげに――気高いこの身をそんなふうに汚すなど、夢にも考えたことがあるものか！　しかし声にはいっさい出さず、たんにその手をにらみつづける。やがてその持ち主が手を引っこめながら、男のふるまいの無言の尊大さに憤慨して、なにかわけのわからないことをつぶやくまで――そんなふうに人々がひれ伏して自分を拝むのは当然といわんばかりの態度で立っているとは、いったい何様のつもりだ？

その客は怒りを抑えながら、最高に堂々とふるまうことが、彼自身の礼儀正しさによって相手に恥をかかせることになると判断する。「ようやくお目にかかれてうれしく思います。これまでずっと、あなたとは行き違いになっていましたから。きっとわれわれの勤務時間は違うのでしょう」

これに対する反応はひと言もない。長く続く間のあと、若者は相手がいっさい興味を示さなくても続ける。「うちは早く仕事にかからなくてはなりませんが、帰るのも早いんです」自分の勤務予定をかなり詳しく説明しはじめるのは、もしそれについて尋ねられていたのなら、より適切な反応といえるだろう。だがひと言の質問もなければ、意見もない。若者が話しかけている男は単純に、ずっと同じ人をばかにした傲慢な態度で彼をにらみつづけ、それは従者が淹れたてのお茶のポットを持ってくるまで続く。それから男は腰を下ろし、自分でカップにお茶を注ぐ。スエードブーツのことは気に留めておらず、それは彼が天井のあたりをブンブン飛びまわるハエだとしても同じだろう。どうやら男は若者の話をひと言も聞いていないらしく、いまではちらっと目をやることさえせずに、高圧的で落ち着き払った、石のように冷たく尊大な無関心のかたまりになっている。まるでその表情のまま石になってしまったかのようだ。

その表情を見た若者は、顔を真っ赤にして急に話すのをやめる。その様子は怒り狂った幼い少年のようだが、彼は口から出かけた怒りの言葉を飲みこみ、かわりに娘のほうを向いて「それじゃあ、もう失礼するよ」という。そして自分の気持ちとは程遠い上機嫌な様子で彼女に微笑みかけると、急いで出ていく。背中を向けたとたん、その微笑みはしかめつらに変わる。

恥をかかされてひどく腹を立て、ばつの悪い思いをした若者は、できるだけ早く家をあとにする。なにかの気配を感じて敷地を横切りながら肩ごしにちらっと振り返ると、ひょろりと背が高くあごひげを生やした人物が、扉の外に歩哨のように立っていて、家から離れる彼を見張っているのが見える。さっきと同じしかめつらが、今度はあからさまに激しい怒りを表して若者の顔を横切る。じきにその姿は見えなくなる。

夫と妻がふたりきりで残された部屋で、扇風機のキーキーいう音がどんどん大きくなっていく。男はいま、すべての怒りの矛先を妻に向けている。だが彼女のほうは、ずっと恐れていた突然の幸せの終わりについて考えているだけだ——物事がこんなふうに終わることは、最初からずっとわかっていたような気がする。絶望が彼女に降りかかっている。もうなにが起ころうと、どうでもいいような気分だ。もちろんひどい口げんかになるだろう。彼女は無関心といってもいい様子で、それがはじまるのを待つ。

自分の友だちに対する夫の不作法にうんざりし、にらみつける青い目を偶然ちらっととらえて嫌悪感を抱く。日に焼けた顔に、その目はひと組のビー玉のように見える。額に残る赤く輪になった帽子の痕は、その高慢な表情から判断すると王家の象徴かもしれない。あんなふるまいをした後に、こんな偉そうな態度を取る夫に我慢ならなくて、娘は本能的に本を取り上げると、相手を見なくてすむように読んでいるふりをする。

当然、これはますます夫を怒らせる。「あの若造とふたりきりでなにをやってた?」

彼は脅すような口調で尋ねる。

「さあ、はじまるわ」娘は為す術もなく思う。だがなにもいわない。彼と話してなんの役に立つだろう?

「答えろ!」男がぱっと立ち上がり、妻を見下ろしてものすごい勢いでテーブルに拳を振り下ろし、そのせいでカップが跳び上がってカチャカチャ鳴り、底に残っていた冷たいお茶が受け皿にこぼれる。

扇風機が立てる不快なキーキーいう音が、彼の激しい息づかいの音をむなしくかき消そうとしているようだ。夫の顔に浮かんでいるにちがいない見下したような表情に耐えられないのはわかっているので、娘は顔を上げることも、彼の目がどれほど奇妙に輝いているかを見ることもしない。「お茶を飲んでたのよ」彼女はとても返事をする気になれず、かろうじてそう口にする。

だが聞いている側にとって、彼女の低い声は冷淡に聞こえる。言い訳がましくないのはたしかだ――そのことと、妻が自分を見ようとしないことに、男は逆上しそうになる。「いったいおまえはわたしのことをどれだけ大ばかだと思ってるんだ?」彼は怒鳴る。「おまえがやっと毎日会っているのを、知らないとでも思ってるのか?」

ほんとうにこの質問に答えなくてはいけないのだろうか? それはあまりにばかばかしく思える。娘はまだ顔を上げていないが、夫が脅すように自分を見下ろしてぬっと立っていることにはずっと気づいていて、多少不安をおぼえている。すぐさま殺されるのなら気にしないだろうが、叩きのめされるかもしれないと思うと怖い。その一方で、夫のことがずいぶん取るに足らない存在に思える――スエードブーツとの友だちづきあいのおかげで、娘は夫に対して新たなより批判的態度を取るようになっている。夫のことが、どこか卑しく哀れな人間に思える。信じられないほど傲慢でぞっとする、実にいやな人間に。いったいこの男は、どうしてこれほどグロテスクなまでに自分を高く評価するようになったのだろう？　彼には勝手にけんかをふっかけさせておけばいい――娘は相手にするつもりはない。こちらの話に耳を傾けも理解もしない夫になにかいうことのまったくの無益さに圧倒されて、彼女はひたすら沈黙を守る。

男の考えでは、彼女は謝らず、口さえきかずに故意に彼を挑発している――気を狂わせようとしている。その目に正常とはいえない輝きを宿し、男は妻に叫ぶ。「やつにふたたびこの家の敷居をまたがせることはないからな――絶対にだ！　聞いてるか？」

彼女がこの期に及んでも相変わらず黙っているので、男は口を開かせようとするかのように妻の肩をつかんで乱暴に前後に揺さぶるが、彼女の手から本を振り落とすのに成功しただけだ。「うちの敷地を通らせてやるつもりもない——もしそんなまねをしたら、伝令をけしかけてやる！」自分でもなにをいっているのかほとんどわからず、男はさらに二言三言、口汚い脅しの言葉をでたらめにつけ加え、そのあいだずっと怒り狂って妻を揺さぶっている。

だが少しすると男は困惑し、自信をなくしはじめる。永遠に妻を揺さぶりつづけることはできないし、ほかにどうすればいいのか見当もつかない。自分の意志を彼女に押しつける、どんな方法も見出せない。これほどいらいらさせられるとは、ほんとうに頭にくるが、彼にはどうすることもできそうにない。次にやらねばならないのは、妻を離すことだ。

相変わらず彼女は、謝罪や悔恨、あるいはほかのどんな言葉も、ひと言も発していない。起こったことといえば、揺さぶられた彼女の髪が乱れて前にこぼれ、細い洗いたての髪がふたつに分かれて顔の両側を完璧に隠し、うなじだけが見えるようになったことだけだ。

生け贄の首のように目の前に差しのべられた妻の青白いうなじを見下ろしながら、男は自分のなかで暴力的な衝動の圧力が高まるのを感じ、怒りのあまり尋常でないほど逆上したことが、不意に怖くなる——そのせいで自分がしでかすかもしれないことが、突然怖くなる。いきなりくるりと向きを変えると、男は大股で妻から離れ、部屋を出ていく。

それは夕食後の夜のことだ。娘はひとりきりでキーキー音を立てる扇風機の下に座って本を読んでいる。夫からは一日じゅう話しかけられていない。彼が夕食の席でわずかに発した言葉は、使用人たち——彼らの前では、うわべはふだんどおりにふるまわねばならない——に向けられたものだ。彼女は、いま夫がどこにいるのかも、なにをしているのかも知らない。もしかしたら家のどこかにいるのかもしれない。あるいはクラブに出かけたのか。車が走り去る音は耳にしていないが、だからといって必ずまだ家にいるということにはならない。その程度の短い距離なら、ときどき歩いて出かけるからだ。

男には出かけるときに妻に声をかける習慣はない。わざと自分の動きを知らせないままにして不意を襲ってやろうとしているようで、ときおり彼女が家にひとりきりだと思ってくつろいでいるときに、いきなり姿を現すことがある。まるで妻が過ちを犯しているのではないかと年じゅう疑っていて、ふたたびそうした現場を押さえてやろうと熱心に待っているかのようだ。娘の態度が張りつめたままなのはそのせいだ。ほんとうは読書をするには照明が暗すぎるのだが、揺るぎない視線を本に向けている。やがて彼女はテーブルに本を置いて目をこすり、その後はじっと動かず座ったままで、目を大きく開いて扉のほうを見ている。

チャバラカッコウの声が昼を満たすように、カエルの騒々しい鳴き声が夜を満たす。二種類の音は娘の頭のなかでは取り換え可能で、途切れることのないひどく不快な背景音を構成している。それには終わりもはじまりもなく、昼でも夜でも一秒一秒に紛れこんでいる。そうした瞬間に、娘がこの家のなかでくつろいだ気分になったことは一秒たりともない。暗くなった外の土地にはっきりした印象はなく、それに対して彼女が感じるのは馴染みのなさと、燃えるような輝き、暑さと混乱、それにどういうわけか真っ暗ななかからほとばしる、神秘的な夜の鳴き声だけだ。

娘の視線が扉から離れることはなく、いまその二枚のフラップの下から、その向こう側の明かりに照らされた通路を近づいてくるひと組の褐色のくるぶしと、娘の服の手入れや風呂の用意などをしている若い女の赤いスカートの縁が見える。その女はイスラム教徒たちと違って、現地の人間だ。彼女が夜のこんな遅くに現れるとは、不可解なことだ。仕事を離れて家にいるはずの時間なのだから。

金色が交じった赤いスカートにはある種の優雅さがあり、その上には極めて丈の短い白いジャケットを着ていて、二枚の衣服のあいだに滑らかな褐色の肌が大きくのぞいている。それを着ているものの動きはしなやかで優雅な、落ち着いたものだ。女の顔はほかの使用人たちのほとんどと同じような無表情ではないが、彼らより近寄りやすいわけではない。その表情は生き生きしているが無関心で、自分よりいくつか年下の女主人とのあいだに、ガラスの板を一枚差しこんでいるようだ。女は友好的だがよそよそしい目で娘を見ていて、近寄りがたい。あるいはひょっとすると、一度も彼女に近づこうとしなかったのは娘のほうかもしれない。いずれにせよ、ふたりのあいだに触れあいはない。

「もうひとりの旦那様がきてます」その報せを、落ち着いた事務的な口調というのでなければ用心深いといえるかもしれない低い声で発しながら、女はエナメル革のように黒く輝く、油を塗った長い巻き毛を留めた櫛を整えている。

その言葉があまりに思いがけないものなので、娘ははっと驚き、理解できないという顔で相手を見る。そのとき聞き慣れた声が部屋の外からそっと呼びかけてくる。

「ちょっとだけこっちに出ておいで――きみに話さなくちゃならないことがあるんだよ！」

すぐさま娘はぱっと立ち上がり、ベランダに続く窓に向かって走る。途中ですれ違った使いの女には目もくれず、彼女のことをもう一度考えることもない。娘が出ていくと、使いの女は静かに鎧戸を閉め、いま入ってきたばかりの戸口から部屋をあとにする。穏やかなゆったりとした足取りで、腰を振り、軽いスリッパ（刺繍で飾られた甲の外側に小指があたってすり切れている）の底で、うるさいカエルの声にかき消されてほとんど聞こえないくらいのくぐもった足音を立てながら。

娘が暗いベランダを進んでいく様子は、そのスリッパの足音とそっくりな木の床を踏むサンダルのかすかな足音でたどることができる。彼女を迎えに進んでいく底の柔らかいモスキートブーツはまったく音を立てず、ひときわ太いゲロゲロという声が一度響いてカエルのコーラスが一瞬静かになったときでさえ、それは変わらない。そしてそのすぐあとで、またコーラスがはじまる。

外は真っ暗で、かすかな風も吹いていない。月は出ていない。沼の上の淡くぼんやりした星の輝きは、家の敷地には届かない。鉛筆で書いたような細い平行な光の筋が、鎧戸がある場所を示しているだけだ。屋根つきのベランダは、風通しが悪く熱がこもった黒いトンネルのようで、おそらく色の薄いところが服や顔、手足だろうと推測できるだけで、闇のなかのより明るいにじみとして見分けることさえできない。

「ここでなにをしてるの？　すぐに出ていかなくては」ドッグヘッドがびっくり箱のように自分たちに飛びかかってくるだろうと怯えながら、娘はささやく。

「心配はいらないよ——きみの世話係のあの娘に、危険がなくなったら教えてくれるよう贈り物をしたんだ」

こうして忘れていた使いの女が引き合いに出されるのを聞くと、娘の心はそれが意味する若者の実際的な姿勢に対する称賛でいっぱいになる。彼女自身とくらべて、はるかにうまく人生に対処している。だがそれから、ふたたび恐怖に取りつかれ、娘は神経質にあたりをちらっと見まわしながらつぶやく。「だけど彼が出かけているかどうかわからないわ……どこかそのあたりにいるかもしれない……」

「きみはぜったいに彼のもとを離れるべきだ」スエードブーツの抑えた声は、ひょっとしたら共犯者に向けられたものかもしれない。あるいは、近くで眠っているものをなんとしても起こしたくないと思っているのか。「あの男はまったくいかれてるよ。監禁されるべきだ。やつと一緒だときみの身が危ない。明日ぼくのところにくると約束してくれ」

だがまっ先に彼の安全を考え、あるいは言質を与えたくないのか、娘はせっぱつまって答える。「もうあの道を通っちゃだめよ――さもないとあの人がなにか恐ろしいことを……」

「そういえば、そんなふうにあいつに脅されたことがあったな」憤慨のあまり若者の声が少し高くなる。だが娘の緊迫した「シーッ！」という声に、彼は口をつぐむ。そして時間と争うかのように早口でしゃべりはじめたときには、かろうじて聞き取れる程度の声になっている。「忘れないで、ぼくは待ってるから——どうしてもきみにきてほしいんだ。ここにとどまるなんて、とても無理だよ。こうしよう——きみに思い出してもらうために、あの蛇の木にスカーフかなにかを結んでおくから。外を見れば、必ずそれが目に入る。そうすればきみは、自分自身の悪夢のなかに逆戻りするのをやめるだろう。心配しないで。大勢の人がきみを助けたがっているんだよ。きみがやらなきゃならないのは、まず自分で行動を起こすことだけだ。ここを出なくちゃ——すぐにね！」最後のほうの言葉は、教師が不注意な生徒に重要な教訓を印象づけるように、よりゆっくりと断固とした口調で発せられる。

ふたりの手は闇のなかで出会っている。娘は相手の手の感触に大いに慰められ安心して、彼の話に注いでいるべき注意を削がれてしまう。しかしいま、彼女の手は離される。若者が目の前に立っているあいだはかろうじてぼんやりと見分けられた白いシャツがすばやく遠のき、跡形もなく闇のなかに溶けていく。

娘はカエルたちとともにひとり取り残され、そのコーラスは最高潮に向かっていく。スエードブーツがどちらへいったのか見ようとしてもまったく無理だ。たとえ手すりから蔓性の蘭の下にうんと身を乗り出して、暑く暗い夜のなかに目を凝らしても。

二十

雨期が近づくにつれ、いまは暑すぎてほとんど生きていけないほどの気候になっている。午後がくるたびに、脅威を感じさせる大きな雲のかたまりが集まって屋根のように世界を覆い、その下は不安定でぴんと張りつめた焼けつく空気に包まれ、うだるような暑さだ。

娘は相変わらず新しい環境に慣れておらず、このすさまじい暑さに耐えられない。夜も眠れないのでいつも疲れている。どこか涼しい場所へいくことさえできれば！だが逃げ出したくてしかたないにもかかわらず、なんとなくまだそのときはきていない気がして、それについてはなんの行動も起こしていない。

スエードブーツは例の木に青いスカーフを垂らして、彼女に手を差しのべ、受け入れてくれるであろう親切な人たちの存在を思い出させようとしていた。彼がこういっていたのを、娘は覚えている。「心配しないで——ぼくの家族はみんな、きみのことが気に入るよ」娘はしばしば彼らのところに滞在する夢を見るほど愛に飢えており、いつかほんとうに出かけていくことを考えさえする——いつかそのうち。だが炎暑の日々がゆっくりと過ぎていくにつれ、そんなことはますます夢のように思えてきて、そういう人たちはどんどん現実味を失っていく。日に日に彼らの存在を信じる気持ちが少しずつ薄れていくのは、もうスエードブーツが彼女と話をしにやってきて、彼らは実在すると納得させられないからだ。

夫も彼女に話しかけてこない。娘は何日間も続けて、使用人以外の誰とも話をしていない。いつもひとりきりで常に待っているようだが、彼女が待っているのが雨期なのか、逃げ出す機会なのか、それとも別の一日を待っているだけなのかははっきりしない。いまやすべての日が彼女にとっては同じで、不快さを別にすればどれもまったくの空っぽだ。暑さは忌まわしい刑罰で、彼女の生気をすべて奪っていく。

今夜、娘は家のなかで完全にひとりきりだ。ドッグヘッドは車で外出している。使用人たちは引き揚げていて、朝まで戻ってこないだろう。遅い時間だったが、夜になってますます暑くなり、昼間よりもさらに暑いように思える。空気があまりにも重苦しく、彼女はろくに動くこともできない。ついに体を引きずるようにして自分の部屋に上がり、服を脱いで、ぼうっとなにも感じず、扇風機の下のベッドにただ腰を下ろす。そのあいだずっと、薄暗い照明がちかちかしている。頭が痛み、目が燃えるようで、無理に本を読むことはできない。失われた人生の形見のように転がっている銀のブラシの裏側にも、稲妻がちらついている。くたくたに疲れているが、眠れないことはわかっている——いずれにせよ、横になるにはあまりに暑すぎる。窒息しそうな暑さという、湯気の上がっている大きなタンクのなかに落ちたような感覚だ。

ちょうどそのとき、夫がなんの前触れもなくいきなり部屋に現れ、娘はひどくぎょっとしてわれに返る。彼は敵意にあふれた横柄な顔を娘に近づけ、一枚の紙を振りまわしながら問い詰めている。「これはいったいどういうことだ?」そういいながら彼は、それを妻の目の前でひらひらさせる。

娘はそれが少し前に大学から届いた手紙だと気づく——いったいどうやって秘密の隠し場所から見つけたのだろう? ひどく呆然として面くらい、返事をするどころではなくてそう思う。「するとおまえは、わたしを裏切《ラット》る計画を立てているんだな」次に聞こえるのはこうだ。その脅すような口調で発せられたネズミ《ラット》という言葉に、娘は身震いする。だが相変わらずなかば麻痺したような状態で、黙って夫から後ずさることしかできない。

ほんとうのところ、男がそれほど腹を立てているのは手紙のことではない。だが、スエードブーツと友だちづきあいをしてそれを謝りもしないことが、夫をばかにし——と彼は思っている——侮辱することになるとは、娘には思いもつかない。身に覚えのない彼女は、夫に謝らねばならないとは考えもしない。夫がどれほど侮辱されたと感じているかにはまったく気づいておらず、その無頓着な態度がますます彼を激高させる。

「なぜ答えない?」そう叫ぶ夫にひどく手荒に腕をつかまれ、不意を突かれた娘はベッドの縁から滑り落ちて相手に倒れかかる。夫はいつものように酒を飲んでいる。彼のウイスキー臭い息を嗅ぎ、娘は顔を横に背けながら夫を押し戻そうとする。だが夫は彼女を離そうとせず、裸の彼女に触れたことで奮起する。彼女は夫のなかで情欲が——それは主に妻を征服したいという欲望だ——高まるのを感じ、身をよじりはじめる。夫の燃えあがる好色な青い目が、すぐ目の前にある。いま初めてそのなかに狂犬病の犬を思わせる危険で常軌を逸したなにかを見て、娘はありったけの力を振り絞って彼から離れようとする。だがもちろん、夫にかなうはずはない。彼のほうがはるかに力が強い。やすやすと妻を圧倒すると、男は彼女をベッドの上に投げ出す。それからその大きくて汗ばんだ体でのしかかり、押しつぶす。その同じ瞬間、雷鳴がとどろき、狼狽した娘にとってそれは、まるで雷の直撃を受けて、その転がる巨体に押さえこまれたようなもので、その一方では稲妻に貫かれたように刺すような痛みを感じている。娘は息ができない――男の口が彼女の口にしっかり吸いつき、呼吸を妨げている。彼女は息が苦しく……窒息しかけ……死にそうになって……

もう一秒も耐えられないと思ったちょうどそのとき、ドッグヘッドがその重い体を妻の上からどけて、ベッドの脇に立つ。稲光にぼんやりと浮かびあがるその姿には、ちらつく照明のせいで、どこかぞっとするような非現実的で馴染みの薄い、ほとんど人間とは思えないようなところがある。男は例の狂犬病の犬のように歯をむき出した狂暴な表情を浮かべて、彼女を見下ろして立っている。ひどい暑さの最中に、娘は突然寒けをおぼえて身震いし、彼のことをまったく夫としてではなく、なにか悪夢のような恐ろしい存在――犬の頭をした男――として見ている。不意にパニックが襲ってくる――すぐに逃げなくては、どんな犠牲を払ってでも……

欲求と激情をさしあたり満たした男は、妻をひとり残して酒を飲みに立ち去る。娘はなんとか服を着ると駆け出し、中央の部屋を横切って階段を下る。そのかすかな足音は嵐にかき消される。うろたえた娘の頭にあるのはひとつだけ。家を出て、どこか悪夢めいた男から離れることだ。そのあいだずっと雷が鳴りつづけている。稲光が窓を突き刺しつづけている様子は、あたかも彼女に手をのばそうとするかのようだ。玄関にたどりついたとき、目もくらむような閃光が走り、娘は足を止める。空が引き裂かれ、それに続いてすさまじい雷鳴が家を揺さぶる。

だがいま、娘は不意に正気に戻る。扉を開けて目の前に開けた光景を目にすると、たちまち動揺はおさまる。もはやなんとしても出ていかなくてはという死に物狂いの圧力は感じず、驚きとともにポーチで足を止める。まさにスエードブーツがいっていたとおりだ——自分がやらねばならないのは、まさに彼がいつもいっていたように、家を出ることだけだ——と気づいて。それはなんと単純に思えたことか。彼女がほぼ不可能だと思っていたことは、いざとなればほんとうにまったく簡単なことだ。

だが嵐に足止めされていることとは関係なく、娘は相変わらず動かない。ひょっとしたらその原因は、自らの変えようがない運のなさに対する確信、あるいはどんな決定的な歩みを踏み出すことに対しても抱く生来の恐怖心かもしれない。扉が風でバタンと閉まらないように押さえながら、彼女は振り向いて後ろの階段のほうを見る。結局は自室に戻ることにするかもしれない、とでもいうように。

それから娘がふたたび向きなおると、さっきとは別の閃光が空の上から下に向かってジグザグに走る。白熱光が家の敷地を照らし、細くてとてもありえないような弧を描いてたわんだ椰子の木——いちばんてっぺんの葉で地面を掃いている——を浮かびあがらせる。それは幻覚のような光景だ。外にあるものにはすべて、同様の幻想的で非現実的なところがあり、いわば熱にうなされて見た夢の一部のようだ。見慣れた目印はほとんど見分けがつかない。

稲妻の青白くまぶしい光にくらんだ娘の目は、不意にこの世のものとは思われない光景を、新しい、ほんとうにせっぱつまった様子で探りはじめる。とっさに彼女は、このチャンスに自分の運命をかけようと心を決める。もし燃えるように赤い光が消える前にあのスカーフを見ることができれば、彼女は出ていく。さもなければとどまるだろう。

ドッグヘッドは自分の部屋で、しばらくのあいだひっきりなしに酒を飲んでいる。一匹のヤモリがグラスのそばに尻尾を落とし、憤慨した彼はそれを追いかけるためにぱっと立ち上がる。ヤモリは消えている。だが飲むのを邪魔されたいま、男は酒を飲むといつも身の内に高まってくる暴力的な衝動のはけ口を求める気持ちを感じている。

彼は自分のラケットを手に取り、隣の部屋に入っていく。そこでは稲光と弱い電力が組み合わさって、ネズミ狩りの難しさが大いに増している。そのうえ彼自身、足もとが完全に安定しているとはいえない状態で、目測を誤りがちだ。彼はネズミが姿を現すたびに荒々しく突進し、たいてい取り逃がす。

むっとするような暑さが、体の外よりも内にこもっているように思える。彼の心のなかではなにもかもが暗く、そこには妻に対する激しい憤りが詰まっている。ラケットを力いっぱい振るうときには、ほんとうはネズミではなく彼女を激しく打っているのだ。男は妻に、こっちにきてネズミ狩りを見物しろと叫ぶが、もちろん返事はない。もしここで手いっぱいになっていなければ、彼女の部屋にいって引きずり出すところだ。この体力を浪費する狙いの定まらない狩りをするうちに、男はじきにへとへとになり、汗が水のように流れている。

本人は認めるつもりはないが、異常に大きなネズミが姿を現したときには、ほんとうのところ狩りはもうたくさんという気分で、そのネズミがえんえんと身をかわしつづけるので、男はもう少しで気が変になりそうだ。ようやく相手を隅に追いつめると、勝ち誇った叫びをあげ、獰猛な衝動に駆られてラケットを振り下ろす。だが、またもや彼は目測を誤る。前に飛び出しながらバランスを崩してよろめき、転びかけて身を守るためになにかの家具にしがみつくと、それが倒れかかってきて床に押し倒される。

それは刑務所でつくられたどっしりと重く血のように赤い衣装簞笥ではなく、薄くて細長い木片で組み立てられた軽いものだ。それにもかかわらず男は大きな苦痛の声をあげ、助けを求めて叫ぶ。返事はない。誰ひとり現れない。使用人たちは聞こえていないのか、あるいは聞きたがっていない。

妻には聞こえているにちがいない——きっと助けにくるはずだ。憤怒は自己憐憫に変わり、男は戸棚の下に横たわったまま、酔ってひとりすすり泣いている。妻も現れないからだ。しばらくは自分が置かれた哀れを誘う情況のことしか考えられない。彼が闇のなかで惨めに耐え難い重荷の下敷きになっていても、誰も気にかけてくれない。

もちろんやってみればすぐに、かなりあっさりと戸棚をどけることができる。するとたちまち怒りがよみがえってふたたび燃えあがり、男は打ち身をつくり動揺しながら立ち上がると、妻の部屋に向かう。自分が為す術もなく倒れていたあいだずっと、彼女のほうは指一本上げずにそれを放っておいたにちがいないと思うとまったく耐えられず、なにか暴力的な復讐をするつもりでいる。男は彼女になにか恐ろしい仕打ちをするだろう――ひょっとしたら殺してしまうかもしれない。

ちょうど扉にたどりついたところで、男は不意に体力と荒れ狂う怒りにそろって見捨てられる。彼はばらばらになったかと思うほどの勢いで崩れ落ち、それから深い疲労に圧倒されてゆっくりと床に向かって沈んでいく。

夜はもうじき終わるところだが、男は時間の感覚をすっかり失っている。雷が遠ざかり、ゆっくりと静かになる。彼はその新たな静寂のなかで一心に耳を澄ますが、扉の向こうではなんの物音もせず、生命の気配もない。

このとき雲が切れはじめ、もうじき太陽が現れる東の空に隙間ができる。家の電気はずっと前に消えている。だがいま、黒い窓の四角はより明るくなりつつある。ぼんやり見える縮こまった輪郭、半ズボンやむき出しの体の青白さによってその存在をほのめかしている男が、なかば床に寝そべっている。衣装簞笥と妻の部屋に続く扉のあいだの壁に、頭と肩をもたせかけている。彼はじっと動かず、例外は短いうたた寝をしてあごが断続的に胸に落ちるときや、急にはっと目を覚ますときだけだ。

男はこの場所から動かず、思い出すたびに耳を澄ましつづける。扉のフラップには物音を遮るという働きはまったくない。だがそのあいだずっと、扉の向こう側では男のところまで届くほど大きな音はしない。部屋の主はきっと、わざと静かにしているにちがいない。あるいはぐっすり眠っているのか。彼女がまったくそこにはいなくて、部屋が空っぽだという可能性もある。

ついにドッグヘッドは扉の向こうの部屋を調べずに、その場を離れる。いまはあまりに疲れきっていて妻のことを気にするどころではなく、自分のベッドに倒れこむと、かすかに口を開いた状態でたちまち眠りこむ。

家の外では光が強まり、窓がすでに明るくなっている。突然太陽が空にひょっこり顔を出し、タマリンドの木の梢や屋根のいちばん高いところを金色に彩る。すぐにチャバラカッコウたちが、その単調な鳴き声で大気を満たす。まるで誰もけっして答えることのない永遠の問いを、まったく休むことなく機械的に発しつづけていたかのようだ。

使用人たちはまだ、ゆうべの興奮を鎮めるために自分たちの住居で眠っている。荒れはてた家は、あたかも見捨てられたかのように、夜明けの涼しいといってもいいほどの空気のなかに静かに建っている。それはすでに放棄された廃墟さながらで、住むものもなく、朽ち果てているかのようだ。鎧戸が下ろされていない大きく開け放たれた窓の奥に見える部屋は、ほんとうにたくさんの黒い穴のように見える。

訳者あとがき

本書は一九六三年に出版されたアンナ・カヴァンの長篇小説、"Who Are You?"の全訳である。カヴァンの人物像や他の著書については、このところ続いている再刊ラッシュのおかげでかなり紹介されているようなので、本稿では割愛する。

本書で描かれるのは、「白人の墓場」と呼ばれる熱帯の地で、倍も年上の夫と望まない結婚生活を送っている若い娘の物語である。ちなみにこの作品は、著者の最初の結婚生活が下敷きになっていると思われるので、「白人の墓場」とは、当時(一九二〇年代)イギリス領インドの一州であったビルマ(現ミャンマー)のことだろう。

まず一読して感じるのは、頭がおかしくなりそうな一本調子の鳥の鳴き声、しつこい蚊の羽音、べたべたと肌にまつわりつくような暑さといった、五感のうちでも特に聴覚と触覚を刺激してくる強烈な不快感だ。そんな環境になじめないまま、現地人に「ミスター・ドッグヘッド」と揶揄されるどこか獣じみた傲慢な夫と、敵意を隠そうとしない使用人たちに囲まれて暮らす日々。主人公の息苦しさや疎外感がひしひしと伝わってきて、読んでいるこちらまで息が詰まりそうになる。

実際に執筆された時期はわからないが、書かれてからそれほど間をおかずに出版されたとすれば、当時カヴァンはすでに六十代。それなのに、たとえフィクションとはいえ、娘時代に抱いていたはずの思いや感覚を、なんと瑞々しく、いや、生々しく描き出していることか。視覚的なものより、こうした皮膚感覚のようなもののほうが案外記憶に残りやすいのかもしれないが、それにしても、いま現在のことのような描写をみれば、執筆当時も若い頃と変わらぬ息苦しさや不安、疎外感を抱えて生きていたのだろうと察しはつく。ふつうは年齢を重ねるにつれて少しずつ外の世界に対する感度が鈍り、その分、楽に生きられるようになるものだが、これだけひりつくような鋭敏な感覚をずっと保ったままで生きつづけるのは、さぞ苦痛だったことだろう。
カヴァンといえば、どうしてもヘロイン中毒のイメージがついてまわるようで、たしかに薬物の影響を思わせる悪夢めいた幻想的な場面も登場するが、作品全体に漂う息が詰まりそうな雰囲気は、むしろ本人の持って生まれた性質からきているように感じられる。だとすれば、一般の読者にはまったく縁がない世界とも言い切れないわけで、下手に波長が合うと、作品のなかにひきずりこまれて戻ってこられなくなりそうな怖さがある。

ここから先は作品の具体的な内容に触れることになるため、よけいな情報を入れずに真っさらな状態で本書を楽しみたいというかたは、ただちに最初のページに戻られるようお勧めする。

すでに最後まで読まれたかたはおわかりのとおり、本書にはひじょうに実験的な仕掛けが施されている。いったんクライマックスを迎えた後でふたたび繰り返される、どこかで読んだような場面に混乱して、一瞬、乱丁のたぐいかと思われたかたも少なくないかもしれない。

結末が複数用意されるのは、ゲームやドラマの世界ではそれほど珍しいことではないようだが、小説を、それも結末だけでなくここまで大幅にさかのぼって語り直した例は、タイムスリップ物のＳＦを別にすれば出会った記憶がない。その内容がかたやホラー風、かたや純文学風と、かなり趣を異にしているのも興味深い。しかもこの実験が行われたのは、いまから五十年ほど前のことなのだ。この特殊な手法についてカヴァンは、絶対的な現実などないことを示すためであり、表面的な出来事のすぐ向こうには別の「現実」が存在すると読者に気づいてもらいたいのだ、というようなことを語っている。さらにいえばそのもうひとつの「現実」は、本書の主人公の例にもあるとおり、必ずしも幸せなものとはかぎらない。そもそも現実だと思っていたことが信じられなくなるというのは、かなり怖いことだ。カヴァンの実験台となった読者が「ここではないどこか」に感じるのは、希望ではなく足もとがぐらぐら揺れているような不安かもしれない。

最後に、これまでまったく縁のなかった訳者になぜか声をかけていただき、カヴァンの世界と幸せな格闘をする機会を与えてくださった、文遊社編集部の久山めぐみ氏に感謝します。

二〇一四年十月

佐田　千織

訳者略歴

佐田千織

1965年生まれ。関西大学文学部卒業。訳書に、テリー・グッドカインドの「真実の剣」シリーズ(早川書房)、マーゴ・ラナガン『ブラックジュース』(河出書房新社)、N. K. ジェミシン『空の都の神々は』(早川書房)、ジェイン・ロジャーズ『世界を変える日に』(早川書房) など。

あなたは誰?

2015年1月15日初版第一刷発行

著者:アンナ・カヴァン

訳者:佐田千織

発行者:山田健一

発行所:株式会社文遊社

東京都文京区本郷 4-9-1-402 〒113-0033

TEL: 03-3815-7740 FAX: 03-3815-8716

郵便振替:00170-6-173020

書容設計:羽良多平吉 heiQuiti HARATA@EDiX+hQh, Pix-El Dorado

本文基本使用書体:本明朝新がな Pr5N-BOOK

印刷:シナノ印刷

Who are you? by Anna Kavan

Originally published by Scorpion Press, 1963

ISBN 978-4-89257-109-1

われはラザロ

アンナ・カヴァン
細美 遙子 訳

強制的な昏睡、恐怖に満ちた記憶、敵機のサーチライト……。ロンドンに轟く爆撃音、そして透徹した悲しみ。アンナ・カヴァンによる二作目の短篇集。全十五篇、待望の本邦初訳。

書容設計・羽良多平吉　ISBN 978-4-89257-105-3

ジュリアとバズーカ

アンナ・カヴァン
千葉 薫 訳

「大地をおおい、人間が作り出したあらゆる混乱も醜悪もその穏やかで、厳粛な純白の下に隠してしまったときの雪は何と美しいのだろう――。」カヴァン珠玉の短篇集。解説・青山南

書容設計・羽良多平吉　ISBN 978-4-89257-083-4

愛の渇き

アンナ・カヴァン
大谷 真理子 訳

物心ついたときから自分だけを愛してきた冷たく美しい女性、リジャイナ《女王》と、その孤独な娘、夫、恋人たちは波乱の果てに――アンナ・カヴァン、渾身の長篇小説。全面改訳による新版。

書容設計・羽良多平吉　ISBN 978-4-89257-088-9

憑かれた女

デイヴィッド・リンゼイ
中村 保男 訳

階段を振り返ってみると——それは、消えていた！　奇妙な館に立ち現れる幻の階段を上ると辿り着く別次元の部屋で彼女が見たものは……。イギリス南東部を舞台にした、思弁的幻想小説。

書容設計・羽良多平吉　ISBN 978-4-89257-085-8

アルクトゥールスへの旅

デイヴィッド・リンゼイ
中村 保男・中村 正明 訳

「ぼくは無だ！」マスカルは恒星アルクトゥールスへの旅で此岸と彼岸、真実と虚偽、光と闇を超克する……。リンゼイの第一作にして最高の長篇小説！　改訂新版

書容設計・羽良多平吉　ISBN 978-4-89257-102-2

歳月

ヴァージニア・ウルフ
大澤 實 訳

十九世紀末から戦争の時代にかけて、とある英国中流家庭の人々の生活を、半世紀という長い歳月にわたって悠然と描いた、晩年の重要作。

解説・野島秀勝　改訂・大石健太郎
書容設計・羽良多平吉　ISBN 978-4-89257-101-5

店員

バーナード・マラマッド
加島 祥造 訳

ニューヨークの貧しい食料品店を営むユダヤ人店主とその家族、そこに流れついた孤児のイタリア系青年との交流を描いたマラマッドの傑作長篇に、訳者による改訂、改題を経た新版。

書容設計・羽良多平吉　ISBN 978-4-89257-077-3

烈しく攻むる者はこれを奪う

フラナリー・オコナー
佐伯 彰一 訳

アメリカ南部の深い森の中、狂信的な大伯父に連れ去られ、預言者として育てられた少年の物語。人間の不完全さや暴力性を容赦なく描きながら、救済や神の恩寵の存在を現代に告げる傑作長篇。

書容設計・羽良多平吉　ISBN 978-4-89257-075-9

物の時代 小さなバイク

ジョルジュ・ペレック
弓削 三男 訳

パリ、60年代——物への欲望に取り憑かれた若いカップルの幸福への憧憬と失望を描き、ルノドー賞を受賞した長篇第一作『物の時代』、徴兵拒否をファルスとして描いた第二作を併録。

書容設計・羽良多平吉　ISBN 978-4-89257-082-7